제8회 문동폭포길 거제문화예술제

약봉지는
직립으로 걷는다

※ 본 책의 편집의 일원화를 위하여 아래와 같이 통일하였습니다.

- 약력의 기본인 등단지를 안 밝힌 경우는 모두 제외시켰습니다.
- 학력과 사적인 단체명이나 표창 등은 문단 이력과 상관이 없어 제외하였습니다.
- 수상은 '○○ 등 수상', 시집은 '○○ 외.' 등으로 추가사항을 마무리 하였습니다.
- 아호나 본명 등은 약력의 이름 옆 괄호( ) 속에 모두 담았습니다.
- 수상연도 및 회수, 저서의 출간연도와 출판사명은 모두 제외하였습니다.
- 인식에 큰 문제가 없는 법인의 사), 재) 등은 모두 제외시켰습니다.

제8회
문동폭포길
거제문화예술제
사화집

약봉지는 직립으로 걷는다

주 명 옥 외

인간은 가장 감성적 사유동물, 힐링의 시 한편

주 명 옥 (시인, 화가, 거농문화예술원 원장)

또 다시 1년이 지나고 축제의 계절이 왔습니다. 지난해에는 갑작스런 코로나 출현으로 모든 것이 준비가 미흡하여 행사를 두서없이 치루었습니다. 하지만 올해 역시 코로나 사태가 해결되지 않아 예술가들의 활동이 위축되고 있기는 매한가지입니다. 그럼에도 우리는 창작자 본연의 임무를 다해야 하겠기에 시화를 준비하고 이렇게 또 이렇게 사화집을 발간합니다.

올해도 전국에서 많은 분들이 시를 보내주어 사화집의 무게가 남다르게 느껴집니다.

제 고향 거제 문동에서 전국 시인들의 시를 접한다는 사실만으로도 가슴 뿌듯하고 설레는 기분입니다. 사람에게 고향은 영원한 어머니의 품이기 때문에 더한 것 같습니다.

그러고 보니 처음 행사를 시작하던 2014년부터 지금까지 어떻게 시간이 흘러갔는지 매순간을 바쁘게 살아온 탓에, 세월의 고속열차를 새삼 느끼곤 합니다. 당초 몇 해나 행사를 펼칠지도 의문이었는데, 올해가 8회이니 곧 10회가 될 것 같아 참여한 모든 분들에게 감사함을 전하고 싶습니다.

돌이켜보면 그동안 참여 시인들은 물론 거제시, 거제의 문화예술인들이 한 마음으로 도와주시고 동참해주셨기에 오늘날까지 이어져 온 것이므로 그 고마움을 결코 잊을 수는 없습니다. 단순히 고향마을에 문화의 뿌리를 작게나마 심어보자고 한 것인데, 이제는 거제를 대표하는 문화예술제로 자리 잡게 되었습니다.

올해도 높은 수준의 시작품들이 모아졌습니다. 시화와 시집을 준비하면서 드는 생각은 세상이 아무리 혼탁하고 혼란스러워도 예술은 살아남는다는 사실입니다. 인간의 감성이 존재하는 한 예술은 어떤 방식으로든 외형적으로나 정서적으로 표출하게 되어 있습니다. 그만큼 우리 인간은 가장 감성적인 사유동물이기 때문입니다. 지난해 2월 창궐한 코로나19로 인해 전 세계에서 수백만 명이 사망하고 경제가 마비되는 등 우리의 일상이 곤두박질치는, 파괴된 삶을 살면서도 그 암울한 정서를 예술은 또 승화시킵니다. 그것이 우리네 삶을 위로하고 윤택하게 하는 치유환경이기 때문입니다.

100인 사화집은 올해로 7번째입니다. 2014년 축제 이듬해부터 엮었으니 축제는 8회이나 사화집은 7번째가 됩니다. 그동안의 성과를 남기고 독자들에게 알찬 시들을 소개하고자 하는 저희 예술원의 마음이 담긴 사화집입니다.

모쪼록 독자 분들에게 잠시나마 힐링이 되는 시 한편, 감성에 젖는 시 한편을 읽는 유용한 사화집이 되기를 앙망합니다.

100인 사화집
약봉지는 직립으로 걷는다

100인 사화집
약봉지는 직립으로 걷는다

제3부

●

백석의 손방아를 찧는 어장주집 딸

제4부

● 붉은 동백꽃이 탄불처럼

100인 사화집
약봉지는 직립으로 걷는다

제5부

●

가
시
나
무
새
그
늘
처
럼

제6부

●

꽉
막
혀
서
서
성
거
리
는
길

약봉지는
직립으로
걷는다

제8회 문동폭포길 거제문화예술제

제1부

●

요염한 몸짓으로 유혹하다

골목 풍경

걷어차인 담벼락 틈
들려오는 신음소리
가파른 골목의 철문은
빠른 걸음으로 전달한다
골목을 흔들며 달려오는
아기 울음소리
템포 늦춘 자장가는 그네를 띈다
장미넝쿨 속

병목의 충격에 비린내 쏟으며
나그네는 시궁창을 따라 흐르고
김치찌개 냄새는
막다른 복덕방까지 방문하지 않는다

불 밝히는 편의점 헤즐럿라떼
의자에 앉혀진 발 냄새
보일러 굴뚝 보며 지난시대 추억할 때
벽에 기댄 계량기는 환풍기 꾸짖고
누룽지 타는 냄새는 추방된다

궂은 날 찾아오는 신경통 지팡이
손 등 지문을 수다로 채우고
위장 속에 누적된 약봉지는 직립으로 걷는다

〉
계단 아래 쪽 니코틴 연구소
버려진 신 짝
비보이 공연은 시작되고
발이 지난 갈라진 바닥에선
민들레 숲을 이룬다

강대종
경남 남해 출생. 2018년 《해운대문학》으로 작품 활동.

조약돌

강
민
진

심신이 고단하여 애써 찾은 갯가에서
속말이 있음직한 조약돌 하나 골라

볼에다 가만히 대고
혼잣말을 건넨다.

좋았던 기억들은 썰물처럼 잊혀지고
아팠던 그 상처는 옹이로 남았는데

윤슬에 몽돌 구르는
저 소리를 듣는다.

수많은 넋두리들 물살에 부서지고
조약돌 쓰다듬어 마음을 다잡고선

슬프고 아린 기억들
돌팔매로 날린다.

강민진
2019년 《현대시조》 등단. 거제시조문학회 회원. 거제제일중학교 교감.

이월은 중매쟁이다

017

강
자
옥

짙은 고요 속 겨울의 몸부림으로
밤새 야위어진 그리움
울음을 토해내고

꼬물꼬물 다가오는 봄
희뿌연 새벽 물안개 내려앉고
멀리서 비치는 실루엣
한 겹 두 겹 서서히

흔들어 놓는다

강자옥
부산출생. 시가람낭송회 회원, 예미안피부과 부원장.

고
안
나

민들레 홀씨

어느 바람 불어 좋은 날
흩어지기로 마음 모으지
가끔, 헛발 디뎌
길바닥에 나앉기도 하지만
꿈은 크고 이상은 높아
가볍게 몸 부풀지

떠나기 전, 금단추처럼 한순간 빤짝
마음먹은 대로 갈 수 없는
나의 길 당신들의 길

이 끝에서 저 끝
우주를 끌고 다니지만
결코, 가볍게 행동하지 않지

고안나
《시에》 등단. 시집 『양파의 눈물』, 시 낭송집(cd) '추억으로 가는 길' 한중문화예술교
류공헌상 등 수상.

들꽃

너는
작은 바람이 불면
작은 바람처럼 살고 싶고
무리지어 핀 들꽃을 보면
들꽃처럼 정답게 피고 싶어한다
너는
욕심스럽게 세상을
다독이며
살고 싶어
큰 바람이 불면
스스로 나서서 막으려 하지
몸 하나가
수천 개의 가슴으로
아파한다

권명해(가은)
부산문인협회, 부산남구문인협회 이사, (사)부산시인협회 사무국장, 한국문인협회, 은
가람문학회, 한국현대문학작가연대 회원. 시집 「콩깍지」

수련秀蓮

잔물결 춤추는 산들바람 타고
살포시 내려앉은 고요 위로
연꽃이 수줍게 피었다

몽환의 어둠 속
임의 배신에 눈물 흘리다
물방울 영롱한 아침 해 머리에 이고
호수 한가득 꽃 봉우리로 채우며
혼탁한 욕망, 심연에 두 발 버티어
창공을 향해 비상하는
고고하고 청아한 모습
고난의 역사가 새롭다

번뇌의 멀미로 어지러운 태양 아래
무심히 피어 있는 한 송이 수련秀蓮*은
속정의 살가움 떨쳐 내고
맑고 향기롭게
순결한 혜안으로 세상을 녹인다

나락에서 태어나 극락을 꿈꾸며

* 수련秀蓮 : 빼어난 연꽃

권미숙
2009년 《문예시대》 시 등단. 시낭송가. 부산남구문인협회 부회장. 부산문인협회. 부산시인협회 이사. 한국문인협회. 부산여류시인협회 회원. 시집 『우물 속에서 시집 보기』. 영호남문학상 작품상. 오륙도문학상 본상. 실상문학 작품상 수상.

오래된 가족사진

뒷산을 배경삼은 흐릿한 바탕화면
살구나무 그늘 아래 정답게 모인 가족
정지 된 침묵 속으로 강물처럼 흐른 추억

줄지어 가지런히 손잡고 선 얼굴들
과거를 헤아려 현재를 읽고 있는
아득한 기억 속에서 일렁이는 옛 모습

조팝꽃 옆에서 미소 띤 고운 얼굴
촌스러운 웃음은 어디로 숨었는지
백발 된 나의 어머니 그때를 아시나요

권영숙
2010년 《문학도시》 시조 등단. 부산문인협회, 영호남문인협회 이사. 가산문학회 부
회장, 불교문인협회, 문학중심작가회 회원. 부산문학상 우수상, 가산문학상 우수상.
방송통신대 「낱가리」 편집국장. 시집 『향기를 품다』, 『눈물겹도록 푸르다』, 『자두나무
아래서』

비 오는 날

천둥이 치고 비가 오는 날
엄마가 그리워진다
그리움이 밀물처럼 밀려온다

빗물 세차게 쏟아질 때
가슴 아리도록
엄마가 그리워진다

비가 오는 날 엄마는 콩을 볶아 주었다
가마솥에 톡, 톡,
콩알 볶아지는 소리
톡, 톡,
콩알 뜨겁게 뜨겁게 뒹굴며 웃다가
귀 밑 까지 입 찢어지는 소리
톡, 톡,

언니랑 오빠랑 예쁜 그릇에
오붓이 담아 주었다
비가 오는 날
엄마 목소리 빗길 따라 내려 온다

지금도 콩알 볶아지는 소리가

귓가에 들리는 듯
엄마가 그리워진다

권영숙(어미새)
부산크리스천 문인협회 이사. 한국문인협회, 부산문인협회, 부산남구오륙도 문인협회, 부산문학중심작가회, 부산문학사계 회원. 부산문예시대 작가상. 부산시문인협회 작품상. 시집 「어미새」, 「꽃처럼 눈뜨는 아침」, 「풀꽃 사이로 하늘이 보인다」, 「나뭇잎 시처럼 떨어진다」, 「새들도 그리워서 산을 넘는다」, 「창가에 핀꽃」, 「샘물 같은 시가 흐른다」. 장편소설 「양들의 분노」

권
오
열

포항의 바다

출렁이는 파도
내게로 와서 하얗게 뿌셔진다
포항의 바다 냄새
모처럼 감옥 같은 독방에서
탈출하여
오늘은 쉼 없이 가족과 포항바다를 찾았다
좌판 위에는 오징어 낙지 여러 종류의 조개
춤을 추고
뜨거움에 눈물을 흘리고 있다

붉은 해가 서산에 기울 때쯤
제법 세찬 바람이
옷깃을 여민다
주섬주섬 집기들을 챙기고
얼어붙은 몸을 따스하게 안아줄
민박집을 향한다
오늘은 정말 행복하다
삶이란 이렇게 어두운데서
밝은 곳으로 순환하나 보다

권오열
시를 짓고 듣는 사람들의 모임 부회장. 황령문학회 동인. 부산사투리보존협회 자문위
원. 한국독도문학작가협회 이사. 부산향토문화연구회 연구위원.

사도思島

하늘 아래 점 하나로 떨어져 있어도
세상을 다 알고 싶어 고개 돌리는
외딴 섬 욕지도欲知島
바람이 불면 바람을
파도가 치면 파도를 맞으며 몸부림치다
차라리 돌이 되어 버렸다
생각의 끝에 있는
현자의 침묵은 아는 이만 알리라
연화蓮花를 품에 두고 연화를 그리는
애달픈 사랑의 세계
한 경계의 다다름은 예나 지금이나 다 같다
나도 따라 머리를 숙인다

권혁동
경북 경주 출생. 《시와비평》 등단. 부경대 명예교수. 부산시인협회장 역임. 시집 『바라보기』 외.

해질 무렵

꽃문뎅이* 등 간지러운 사시절
참꽃가지 꺾어 들고
참꽃잎 주먹체 따 먹던 파란 입술
버들피리 가죽이 찢어지게
호드기 즐겨 불던 내안의 마을*

징검다리 개울이
해질녘을 못 채워 흐르고
소 고삐 잡고 집으로 가는 코흘리개
그 동무들 찾아와도 그때가 아닌 참꽃가지
꺾어지는 해질녘도 없다
꽃문뎅이 업고 크던 산천은, 읍내는
이미 잊혀진 망향

걸어서 학교 가던 우마차 신작로를
어느 하늘 이고 이사를 갔는지
눈시울이 놀치는 나는 이방인.

* 꽃문뎅이 : 경상도 사투리, 진달래 필 때 보릿고개 때 오는 반가운 사람을 반기
는 애칭.
* 내안의 마을 : 산과 가장 가까운 안쪽 마을.

김광자(호 설진雪津, 시탕詩宕)
《月刊文學》 등단, 사)부산시인협회 이사장 역임, 부산광역시문화상수상자회, 초정김상
욱기념사업회, 청마기념사업회, 한국여성문학회 이사, 국제펜한국본부 기획위원장, 한
국문인협회 이사 역임, 한국시인협회 심의위원, 현대시인협회 회원. 시집 『臥牛山 고
을』 외. 시선집 『불타는 瑞雪서설』, 『내 삶이 감파랗게 물든 長山자락에서』 등. 부산광역
시 문화상, 윤동주문학상, 펜문학상, 대한민국향토문학상, 부산시인협회상 등 수상.

해송

김
다
솔

암벽과 암벽 사이에 뿌리를 내렸다
밤마다 밀려오는 안개 그 안개 그치기도 전에
파도는 발등을 물고 놓아주지 않았지만

순간순간 바위를 붙잡고 비틀거리는 것이
최후의 만찬으로 기억되기도 했다

동쪽 하늘이 열릴 때 마다
갈매기 소리에 가슴을 깨워 해무에 쌓인 해를 삼켰다

여기저기 벗겨진 골 사이로 끈적거리는 깊은 상처
그때마다 최후의 만찬을 그리워하기도 했다

하지만
좀처럼 무너지지 않는 바다 빛 기억으로 버티어온
고독이 그리워 바람을 잡고 서 있다

김다솔
1993년 《문예한국》 등단. 한국문인협회, 부산문인협회 회원. 통영문인협회 부지부장.
시집 「바다와 시인」 외. 부산문학상 대상 수상.

삼거마을 이장되기

  할매바우는 마을을 관통하는 지방도의 끄트머리에 자리하고 있었다. 오륙 미터 정도의 높이로 정말, 인자한 할머니 형상으로 세상을 바라보았다. 초승달과 같은 눈매와 입처럼 보이는 부드러운 선이 꼬리가 올라가고, 넓적하고 두툼한 볼모양이 뭔지 모를 영험한 기운을 담고 있었다.

  "할매바우라?"

  신중 씨는 취재차 찾은 바위를 한참 바라보며 얼굴에 새겨진 주름 하나하나를 눈여겨보았다. 인간들이 자기의 후사를 보고자 하는 당연한 숙원과 소망을 헤아려 주는 미소가 엿보였다. 불임의 고통을 위로하는 인자한 초승달 같은 눈매는 아래로 처져 내려 한없이 자애롭게 웃어주고 있었다. 그 눈매는 하나가 아닌 수십 개나 어려서 고단한 아내들의 한을 품어줄 것만 같아 보였다.

* 단편소설 「삼거마을 이장되기」 중에서

김동근
《문장21》 소설 등단. 거제문인협회 부지부장. 장편소설 「노거수」 외. 고운 최치원 문학상 수상.

일상의 행복

하루를 돌아보며
자신을 추스르는 저녁한 때

서넛이 둘러 앉아 반주 한 잔
대화를 반찬 삼고
웃음을 안주 삼아
시간을 맛나게 비벼먹으면

단단하게 굳어졌던 근육들
한 방울의 알코올에
긴장을 풀고 저물어 간다

애틋한 하소연도
살아온 실수도 허물이 되지 않는
평범하기만 한 이런 날들
참 괜찮은 하루다

김만옥(人山)
시인 · 수필가 · 시조시인 · 아동문학가. 부산문학상 우수상 수상. 한국문학신문 기자.

인연 2
― 비진도

낯설지 않다
통영 항 뱃길 따라 한산면 외항마을
한여름을 식히려는 배낭행렬 속에
나도 뭍에서 떠나고 있다
떠나보내는 일에 더 익숙한 항구
또 다른 만남 기다리며 위안하듯 평화롭고
바다를 가로질러 환희하며 바다가 된다
산호빛 모래사장에 객 같은 사랑 넘치고
넘치는 듯 외롭게 서성이는 별똥별
갇힌 듯 자유롭게 떠 있는 초상肖像이다.

김명옥
경남 거제 출생. 1991년 《문예사조》시 등단. 부산시인협회, 부산불교문인협회 이사. 한국문인협회, 부산문인협회, 부산여성문인협회 회원. 연제문화예술인협의회 문학분과 위원장. 부산여성문학상 본상, 부산시인협회상 우수상 외. 시집 「홀씨 하나가 세상을 치켜든다」 외.

살다보면

031
김
무
영

살아 보고 사는 사람은 없다
세상은 미리 손 내밀지 않는다
정해져서 리허설 하고
공연하는 것이 아니라
즉석에서 바람 부는 대로 쓰러졌다가
어느 골짝으로 가서
늘 시작이거늘

모난 것은
둥글어져서 더는 무디지 않을 때까지
가르치고 있는 거다

김무영
한국시인협회 회원. 거제문인협회 회장 역임. 시집 『그림자 연서』 외.

빨간 커피 잔

두 다리를 뻗고 앉으면
탁자 위 빨간 커피 잔
기다렸다는 듯 와르르 꽃송이들을 쏟아냅니다

하루를 보내려고 꽃들이 지고 있습니다
그 자리 가득
하루를 넘어온 달빛이 넘칠 듯 찰랑입니다
나의 이별, 너의 사랑
시리게 출렁이는 영혼들의 여정이.

김미순
1987년 《문학과 의식》 등단. (사)부산시인협회 이사장, 한국현대시인협회 이사. 부산
문인협회 부회장, 부산여류문인협회 회장, 해운대문인협회 회장 역임. 부산문학상 본
상, 부산시인협회상 본상, 한국해양문학상 최우수상 수상. 시집 『바람, 침묵의 감각』,
『선인장가시, 그 붉은 꿈』 외.

응

세상에서
가장 정겹고
듣기 좋은 말

백 번을
바로보고
뒤집어 봐도 같은 글

우리말 중
하나 뿐인 들꽃 같이
곱고 아름다운 말

김병래
전 KBS부산방송 아나운서부장. 부산문인협회, 부산시인협회 회원.
시집 『내가 사랑하는 세 여인』 외. 수필집 『아나운서와 술』.

김
병
호

등신불

구름 한 점 없는 파란길
투명한 눈빛 그리며
험난한 세상길 열었다

속속들이 맺는 연정
입맞춤 하며
눈길 돌리는 시간마다
마르지 않은 침샘에 젖는다

내일 기약하며
새벽길 나서며
입술에 맺힌 이슬
마음의 등신불로 길을 밝힌다

김병호
부산문학인 아카데미협회 운영위원장. 부산문인협회, 새부산협회 회원.

도장포 바람의 언덕

도장포가 바람을 부르고
바다는 바람을 키우고
그 바람끼 어쩌지 못해
어스름 새벽은 순간 보랏빛 하늘로
낮 달의 지겨움에 앙탈을 부리다가
해거름 낙조의 아름다운 눈부심을
가로등 불빛아래 묻히고
연인들의 아쉬움을 머금은 채
이내 수평선에 던진다.
그렇게 어둠이 오가는 바람의 언덕!
그대 품에 몽롱하게 안겨
수많은 시간과 영혼의 소리
그냥 지나치면 들리지 않아
아쉬워 아직 너를 떠나지 못한다.

김복언
경남 거제출생. 2017년 《문예비전》 신인상 시 등단. 2020년 《문학세계》 신인상 수
필 등단. 거제문인협회 회원. 대한민국평생교육학습대전 특별대상.

잔인한 계절

김
삼
석

언제 저토록 서러워 보인 적
있었던가?
언제 저토록 외로워 보인 적
있었던가?

환영받지 못한 꽃
잔뜩 피워놓고
애써 찾아 온
봄은, 봄은 너무 잔인하다

유리알 같은
파란 하늘이
오히려 낯선 봄날......

제발
꽃을 보러 오지 마세요

바이러스가 잔인한 계절로
바꿔 버리고

어딘가에 잠복하고 있습니다.

김삼석(仁誦)
경남 거제 출생, 한국문인협회 회원. 거제문인협회 이사. 감사 역임. 북한강문학제 본
상 수상. 저서 『겨울 어느 따뜻한 날에』.

제2부

●

쓸쓸히 강해질 때

김
새
록

냉장고를 열며 1

조금 더 깊은 동해와
갯벌에서 건져 올린 서해와
남해의 물빛도 보인다

때로는 그것도 아닌
산울림 같은 아득한 전설 같은
개울 물소리도 아닌
도란거리는 소리로 서로 몸 기댄
저녁 무렵 송아지 울음소리 같은
해지는 소리도 보인다

보이는 소리에 귀 기울이는
옥수수 잎 서걱거리는
바람 소리도 보인다

그 소리의 그림자를
저녁 식탁에 가만 올려놓는다

김새록
시집 「빛, SNS를 전송하다」, 수필집 「달빛, 꽃물에 들다」, 선집 「지구본을 굴리다」 외.
부산문학상 수상 등. 계간 《부산시인》 편집위원, 월간 《문학도시》 편집위원.

강아지풀

작은 꽃 이삭 조랑조랑
껴안고 있다

외유내강이 이랬던가!

가냘픈 몸짓으로
묵정밭 속 잡풀들과
어울려 사는 넉살

참새 가슴인 내가
그 비윗살을 어디 가서
배우라고

젠장,
세상은 오롯이
한겨울이고
봄은 멀기만 한데

김서혜
1965년 제주 출생. 2015년 《문학세계》 등단. 시집 『헌책방 골목에 가다』.

오래된 소나무

산 속에
산처럼 묻힌
묵은 향

표연히 겹겹 울리면
저무는 꽃살도
푸새 냄새 낸다

도심 찌꺼기
꾹꾹 누른
발목 세워 놓고

얻지 못하는 해답
줄 거 같은
열두 척 흔적

나도
쓸쓸히
강해질 때 있지.

김선아
2007년 《문학공간》 시 등단. 부산여성문학인협회 이사장. 한국시인협회, 한국여성문학인회 이사. 시집 「가고 오는 것에 대하여」, 「뭉툭」 외.

반월성을 찾아서

빛이 사라져 버린 땅
사람들의 그림자도 없는 반월성
구겨진 잔영만 떠돌고 있다.
아침 햇빛 첫 맞이하는
갈등이 스쳐간 스산한 성
떨칠 수 없는 허무의 숲에 싸여 있다
낙엽만 풀풀 날리는 빈 뜰에
눈들만 모여 굴러가지마다
가지마다 점찍는 까치소리
발걸음 멈춰놓고
꽃 피우던 대궐의 뜰에
찬란한 빛의 그림자만
무거운 머리를 흔들 뿐
무상한 구름은 서라벌 서쪽하늘
아득히 한 점으로 사라진다

김성일
연제문인협회. 새부산시인협회 자문의원. 시집 『은빛진주의 슬픔』 외.

아버지의 섬

집집마다 섬이 있다

밤이면 아버지는
그 섬을 타고 내린다

깍아내는 파도의 거친 숨에
매일
위태위태하다

침묵으로
세월의 무게를 견디는 섬

오늘
침몰하는 그 섬을
나는 동경해본다

김수성
2012년 《문학의 봄》 시 부문 등단. 부산광역시 공무원문인회 사무국장.

별을 보다

가출한 별을 잊을 뻔 했다
별을 숨긴 밤하늘은
꿈속에 메마른 날숨을 심는다
불타는 금성과 모래바다 달이 건네는 귓속말
교회 종루와 바위산 절벽을 명주실로 이어 별을 매달았더
냐
열 개 꼭지점과 다섯 개 선으로 완전한 형태를 꿈꾸다니
어리석고 가엽구나

별들 주검이 무중력 속에 쓰레기로 떠다닌다
많은 쓰레기를 만든 나
꿈이 무거워 깨고 싶을 때
새가 별을 물고 온다
시악산 솔잎 파도소리와 새 울음에
밤하늘이 은빛 파문을 일으킨다

빛의 대관식
그림자 없이 태어난 나라
마르지 않는 샘에서
솟아오르는 별이 부르는 노래에
은하로 가는 이정표가 나부낀다

김수연
2016년 《부산시인》 등단. 시집 『낯선 정거장에서 파도 읽기』.

경칩

24절기 중 3번째
겨울 내내 얼었던 물
따뜻한 기운으로 풀고
아직 남아 있는 꽃샘바람
어디다 사위어 둔 채
개구리가 잠에서 깨어난다는 경칩
이땐 꼬마 녀석 손잡고
유익한 자연관찰 학습을 가진다
개울가 앉아 젖어보는 호기심
앞다리가 쏙 뒷다리가 쏙
가만히 들여다 보자
눈 마주치고 웃고 있는 해맑은 아이
너무 천진스런 모습
이렇게 한 가지 한 가지
알아가는 성장기 삭막한 세상이 아닌
좀 더 유연하게
자라 주기를 염원 하는 날
무풍의 바람에도
벚꽃이 분분하게 열리고 날린다

김순덕
《한맥문학》 등단. 시를 짓고 듣는 사람들의 모임 부회장. 부산사투리보존협회, 한국
독도문학작가협회 회원. 시집 「창밖의 가을햇살」.

그 해 장마

수국이 흐드러지게 핀 강변을 걷는데
잦아들던 비가 다시 굵어진다
구포시장 보신탕 골목에서
뜨거운 국물을 들이키다가
선명하게 걸어 나오는 기억을 만난다
용산 근처 남하한 친구들과 모여
키만 한 드럼통에 밤새 끓여 낸
고깃국 한 사발을 내밀던 아버지
긴 골목 끝의 창살에 갇힌 어진 눈들
남미의 목동이 양 한 마리를 잡으며
하던 말을 비겁하게 중얼거려 본다
내가 너를 죽이는 것이 아니라
너희가 나를 살리는 것이다
다시 햇살이 그렁그렁 눈부시다

김영옥
1993년 《문예사조》 등단. 부산여류시인협회 회장 역임.
정과정문학상 수상. 시집 『표정』 외.

머위

새봄의 전령사로 식탁에 오른 머위
쌉싸래한 맛과 향에 밥 한 그릇 뚝딱이다
떠났던 입맛이 다시 제자리를 찾는다.

한여름 무더위에 담갔던 장아찌도
시간이 흐른 만큼 묵은 맛을 더해준다
어설픈 솜씨였으나 대견하기 그지없다.

새콤달콤 인생살이 한 치 앞도 모르지만
머위 잎 한 잎 쌈에 느껴보는 세상살이
실없는 기다림보다 찾아 나서야겠다.

김영자
거제시조문학회 감사. LS(주)미르상사 대표.

동심

김
예
순

봄의 향기에 한껏
설레는 마음
봄빛으로 열릴 사계절 풍요를 염원하다
봄이 되어 버리는 날
예순의 끝 언저리에 있던
동심을 만난다
검은 머릿결에 이리저리 숨겨도
보이는
흰 머리카락처럼
동심은 아무리 숨겨도 삐죽 나오는
내 마음의 고향인가 보다
어느새 파아란 하늘을 향해
높이 나는 파랑새 되어
지나간 시간을 무색하게 만들고
하늘 향해
힘껏 날갯짓 한다, 동심이라고 해도
어쩔 수 없는

김예순
《詩와 수필》 수필, 시 등단. 부산문인협회, 남구문인협회 회원. 부산영호남문인협회
부회장. 부산수필문학협회 감사. 수필집 『내 마음의 정원』.

간이역 밤기차 그리고 나그네

기적소리만 들어도 가슴 설레던 고향의 간이역
장날과 주말에는 낯익은 여행자들이 몰려와
조용했던 대합실이 저잣거리처럼 요란해진다
구름다리 모양의 오래된 나무계단 플랫폼은
동해선 느린 기차를 기다리는 여행자들로 다시 붐빈다
세월 너머 간직해 두었던 비망록들을
평행선 철길 사이에 두고 실타래처럼 풀어 놓는다
떠나보내고 기다렸던 그리움과 설렘들
플랫폼의 불빛과 낡은 의자에 스며든 추억의 그림자
한때 우리는 그것을 사랑이라고 불렀다
이루어질 수 없었던 무지개 같은 꿈들도 있었지만
이제는 추억의 폴더에 그 꿈을 꽃처럼 간직한 채
장터의 바람 속을 가로질러 밤기차에 다시 오른다
덜컹거리는 바퀴 소리도 어머니의 자장가로 다가와
별들이 흘러내리는 밤기차 차창에 몸을 기댄다

김옥균
부산출생. 전. 부산MBC문화방송PD. 1990년 《시문학》 등단. 시집 『누군가 그리우면
밤기차를 타라』 외. 알바트로스시낭송문학협회 회장. 새부산시인협회 회원. 클래식음
악해설가. 음악치료사. 시노래가수로 활동.

말미잘

잘난 세상 어디 두고
바닥 기어 여기 왔나

그래도 넋이라고
몇 조각 챙겨다가

오롯이
맺어 오르니
꽃인 듯도 싶으오.

김용호
거제 일운면 출생. 한국문인협회. 거제문인협회. 거제시조, 거제수필 회원.

그날

까아맣고 쪼끄만 섬 소년 옷소매
그곳에 살던 별
별똥별로 사라진지 오래다

고래 등 같은 기와집 막내딸
그 소녀가 오자미 놀이하듯
김이 나는 찐 고구마를 식히고 있었다

애써 배고픔을 참던 배꼽시계는
염치없이 꼬르륵거렸고
내 입은 소녀의 왼손 오른손을 옮겨가며
구수한 냄새만 삼켰다

소녀가 나를 팽개치듯 던져버린 고구마
벗겨진 틈 사이로 환해지던 고구마의 속살 위에
배고픔이 주르륵 흘렀다

김원경
1959년 경남 남해 출생. 화목영상 대표.

소외

서면 교차로 빌딩숲 아래
신호등 앞에 모닝차도 버스도 기다리고 있다
땅거미 앉아있는 횡단보도에는
옷깃을 세운 사람들 곁에
청바지사내가 멍하니 서 있다
가을비는 뺨을 어루만지며 말을 걸어온다
"우산을 펼치세요"
노란 은행잎 하나 발등에 떨어지며 말한다
"감기 들면 안 되잖아요"
박하사탕보다 달콤하게 속삭여준다
소슬바람이 손을 잡아주며
"파란불이 켜졌어요."
깜짝 놀란 순간에 발걸음을 내딛는다
"아빠,"
태평양 건너온 파도가 가슴에 파고든다
그렇지,
안기고 싶은 작은 전기장판이 기다리고 있잖아

김원용
2009년 《文藝春秋》 등단. 금정구문인협회 회장. 시집 『내 마음의 홍등』 외.

백지 앞에서

머릿속이 백지다
뒤늦게 뛰어든 문자놀이
분침은 쉬지 않고
조바심 내는 흔적
바라지창은
황금빛 물결을 보여주고
말문은 서가를 서성인다
모든 말을 포기한 패잔병
거듭 태어나기 위해 몸부림친다
백지의 느꺼운 몸부림이
달빛에 부서지는 이 밤
허한 가슴 위로 덧칠을 한다
밝은 속곳은 보이지 않고
속곳 없는 문자 위로 길을 뿌린다
어둠에 깃든 연꽃이
가섭의 지문을 남긴다

김점홍
2014년 국보문협 등단. 부산불교문인협 부산문인협회, 새부산시인협회 회원.
시집 『별이 회내리는데』.

꽃길

김
정
애

들길 산길 걸으며
꽃들과 나누는 대화

어느 것 그 무엇 하나
놓칠 수 없는 이야기들

한평생
살아온 삶을
꽃 색으로 남기고 싶다

김정애
제주도 협제 출생. 《문장21》 신인상 등단. 사)부산시인협회. 해운대문인협회 회원. 한
국사진작가협회 회원. 시집 『사계절 속으로』

김
정
희

해금강

비단에 아로새긴 바다의 금강이라
서불의 발자취는 풍랑에 씻겨가고
해풍이 어르고 가는 운무속의 바위섬

한바다의 너울도 쉬어 찾는 십자동굴
갈곳이 더덕이며 망부석은 무심한데
전설을 물어 나르는 갈매기 울음소리

여의주 입에 물고 포효하는 사자암
천년을 이고 선 심지 굳은 천 년 송
거제도 해금강이라 이름조차 곱구나

김정희
1995년 《예술세계》 신인상. 거제문인협회 회장, 청마기념사업회 부회장.

조춘早春

슬그머니 다가온 기척
잔설 덮인 가지마다
푸릇푸릇 새 움 빼꼼 눈 맞춤하네

새하얀 털모자 더부룩이 씌워둔
매련스러운 검은 바위 말없이
식은땀 축축이 배었다

꽁꽁 묶었던 고랑물 흘러
자갈 돌 물고 한참 자던 다슬기
반짝인 물발 휩쓸러 굴러간다

화사한 봄처녀 소식도 없이
사립문 활짝 열고 언제 오셨나
허연 빛 산천초목 시끌벅적 해지겠다

춤치칼 호미 들고 동네방네 아나네
꽃바구니 옆에 끼고 들로 산으로 산나물 캐어
그 봄나물로 양푼이 슥슥 비벼 볼 미어진다

훼방꾼 코로나 일면지교 끊어 놓고
언제나 녹을까 살얼음 위로 살고 있네

김종모

《시와수필》 등단. 시를 짓고 듣는 사람들의 모임 수석부회장. 한국독도문학작가협회
자문위원. 시집 『그리운 어머니, 눈물이 거름되어 꽃이 핍니다』

지렁이

뜨거운 햇발 퍼붓는 한낮
가는 듯
마는 듯

말라가는 점액으로 기진맥진 기어온 길을 토막 내며 지렁이 기어간다
어김없이 죽음의 냄새 따라 개미떼가 몰려간다

김종원
한국문인협회, 거제문인협회 회원. 한국전통전술연기능 보유자.

사랑의 별

김
지
수

눈 감아도 눈앞에 떠 있는 별
책 귀퉁이에 그려진
두 개의 별 마주 본다

낮에는
마디마다 숨겨진 햇살을 껴안고
밤에는
별빛과 이슬의 젖은 눈으로
수정 같은 가슴속에서 마주보았다

기도밖에 드릴 것이 없어
기도 속에 불러보는 이름
눈 감아도 환하게 보이는 별
어느 곳에 있든
기쁨이 되고 사랑이 되는
두 개이면서 하나가 된 별

김지수
부산출생. 부산문인협회, 부산시인협회 회원. 부산가톨릭문인협회 사무국장. 부산여
류문인협회 재무국장. 사하문인협회 이사.

김
진
아

산수유마을

작은 마을이 하나
집집마다 담장 너머 산수유가 있고
그곳을 찾아온 청년이 있습니다

아주 조용하고 평화롭다고 말하는 그대
역시 잘 왔다고 했습니다

자신의 발 앞 널려 있는 달래
여기 달래도 있다 말합니다
갑자기 들어 선 막다른 지점
더 이상 차가 갈 수 없자 차에서 내리고
내리막 길 따라 내려가자 한 참을 오지 않고
마침내 더 이상 달래는 없다고 합니다

올망졸망 노란 꽃망울 피어나는 봄 한 철
그냥 가만있지 못하고 서로 얼굴을 맞댑니다

김진아
《한맥문학》시 등단. 시를 짓고 듣는 사람들의 모임 감사. 한국독도문학작가협회. 부
산사투리보존협회 회원. 시집 『서른일곱 송이의 장미, 봉숭아꽃 피어날 때』.

코로나19의 간격

059

김
찬
식

긴밀하여 무너진다 성긴 돌담이 무너지지 않는 것은 돌과 돌 사이 바람구멍이 있어서다 악보의 쉼표도 연주이듯이 간격의 틈은 단단한 메움이고 세움이다 사랑은 간격이 없다 압력추 없는 밀폐의 오류, 압축 되어가는 감정의 잔여물 석별의 전초가 아니던가 사랑보다 긴 우정은 편집되지 않는 간격으로 서로간의 적당한 거리 때문이다 코로나19의 이격거리는 가까우면 죽고 멀어지면 산다 뭉치면 죽고 흩어지면 사는 생존을 위한 울혈로의 신음, 사회적 거리두기다 어차피 흩날릴 봄날의 낙화인 것을 이격거리 없는 죽음의 간격으로 절명을 불사한다면 이별 아닌 것이 없는 저물어 갈 나날에 한번쯤 햇불 타오르는 사랑도 찰진 사랑일 게다

김찬식
《심상》 등단. 부산문인협회 부회장. 한국해양문학상 우수상. 부산문학상 대상 수상.

약봉지는
직립으로
걷는다

제8회 문동폭포길 거제문화예술제

제3부

●

백석의 손방아를 찧는 어장주집 딸

선禪 7

– 사월 초파일

꽃 피던 사월 달력을 넘기니
1, 8, 2, 16, 3, 10, 4, 25 ———
꽃 피지 못한 날들이 우수수 떨어진다.

살아있음이 꿈같고 환영이고 물거품이고 그림자네.

산이 울긋불긋 온통 잔치이더니 말 없는 부처님은 반쯤
졸고 있는데,
초파일 주인은 온데간데없고, 탑을 도는 여인네 고무신
타는 냄새.

수처작주 입처개진隨處作主 立處皆眞

연꽃 피지 않은 연못을 서성이는 바람, 보리수 새잎처럼
푸르구나.

가는 곳마다 임자 되면
달이 이지러져도 어때? 절 뒷산이 땅 밑으로 들어가도 어
때?

대웅전 풍경 소리 듣던 모란, 꽃을 피운다.

김한빈(본명: 김성민)
2014년 《문장 21》 시, 2017년 평론 등단. 부산문인협회 회원. 남구문인협회 부회장.
'새글터', '상상' 동인. 경성대 외래교수. 경성대 사회과학연구소 전임연구원.

나의 낙타와 째즈박스

세찬 갈바람이 분다
해무와 모랫바람에 휩쓸려
하얀 포말을 외롭게 토해내는
송정 바닷가
熱沙의 사하라 사막에서
일렬종대로 걷는 낙타의 행렬이 난파되어
바다의 부유물로 떠 오르다
공중부화를 한다

길거리 째즈박스에서
함께 있으면 좋은 사람들과 부르는
노랫가락
산란하던 내 마음에
쉼표를 찍는 늦은 오후
난,
붉은 단풍으로 물드는 허공 속에서
날카로운 부리로
詩語를 낚는 갈매기가 되고 싶다

김혜영
2011년 《문예시대》 시. 2012년 수필 등단. 부산문인협회회원, 부산시인협회, 한국농
민문학회, 동구예술인협회, 남구문인협회 회원. 한국가람문학회, 부산크리스찬문인협
회, 알바트로스시낭송문학회 이사. 고운 최치원 문학상 본상, 한국가람문학상, 문예시
대 작가상. 시집 『행복을 그리는 남자』 외.

새벽달

환한 빛으로 비추일 때

무슨 꿈으로 황홀했을까

눈을 뜬 아침 하늘에

고요한 산 빛은 그윽이 푸른데

하얗게 맑은 꿈 한 조각이

강 너머 먼 고향을 간다.

김희님
2014년 《부산시인》 신인상 등단. 《문학도시》 편집차장. 한국문인협회, 국제펜한국본부, 부산문인협회, 부산시인협회, 부산카톨릭문인협회, 한국현대문학작가연대, 한국공무원문학협회 회원. 부산문학상 수상.

에어쇼

열과 행으로 일사불란한 날갯짓이 요란하다
거대한 단원 거느리고 환성을 지르며 서막을 알리고
우아한 곡선이 발레리나 몸짓으로 허공을 어지럽힌다

찰나의 순간 하늘이 돌아가고 산허리가 꺾어지고
질주의 본능은 회오리바람이 휘몰아쳐 토네이도와 흡사
하여
공포들이 바글바글 아우성친다
남쪽 고향으로 순회공연을 하는 것일까
집채만 한 구름까지 등에 업고서 떼거리로 시위라도 하는
것인가

풀숲 초대인들은 억만 겁 나이 먹은 바람에 미끄럼 타며
흥겨워 춤추고
깊은 아랫동네에는 하얀 꽃을 피었다 졌다 묘기를 부리며
화답한다

예고 없는 순회공연에 나 홀로 곡예비행의 관객이 된다

노순자
시를 짓고 듣는 사람들의 모임. 부산사투리보존협회, 한국독도문학작가협회 부회장.
황령문학회 동인. 신서정문학회 회원.

노
정
숙

호박꽃 다화

물오른 호박덩굴
수꽃 하나 달고
한눈팔다 보쌈 당했다

귀한 만남 있는 찻자리
향기 나는 고개 들고
노란 꽃등을 켠다

마실 나온 석간수
나지막한 곡조로
물소리를 연주한다

다향에 취하고
찻물 곱게 물들어
다화 전설이 된다

노정숙

경남 함양 출생. 2011년 《문학도시》 신인상. 시낭송가. 부산문인협회 이사. 낙동강
시낭송회 회장. 낙동강문학상 수상. 시집 「낙동강 숨결」 외.

통영에 가면 1

통영에 가면
청마의 우체국이 있고

통영에 가면
박경리가 첫울음 운 오두막이 있고

통영에 가면
백석의 손방아를 찧는 어장주집 딸도 있다

통영에 가서
윤이상의 음악이 파도처럼 출렁일 때
파아란 하늘에 띄우는 편지를 쓰자
우체국 여직원은 우표를 붙이면서
주소를 쓰라 할 것이다
파도여
청마는 이영도를 사랑하는데
나는 왜 청마의 거리에서 바람처럼 서성이는가

문인선
1997년 《시대문학》 등단. 시낭송가, 문학평론가 활동. 경성대 시창작아카데미 교수,
한국문인협회 중앙위원, 전 평화방송 시해설과 낭송담당, 교육청연수원 강사. 시집
『애인이 생겼다』, 『날개 돋다』 외.

호젓이

박
미
정

긴 의자 하나를
베란다 안쪽에다 붙여 앉히고
나만의 카페를 마련했다
창 쪽에 줄줄이 선 화분은 전경이고
커텐을 거둔 거실은 후경이다
폰의 음악 앱을 눌러 놓고
커피 한 잔에 치즈 한 조각에
시간이 얼마나 쫄깃쫄깃한 지
관음죽 사이로 비치는 햇살
졸고 있는 줄도 몰랐다

박미정
부산문인협회 부회장. 부산시인협회 부이사장. 한국창작가곡협회. 한국바다문학회 부
회장. 부산영호남문인협회 주간 겸 상임고문. 은가람문학회 고문. 신라대학교평생교
육원 문예창작 전임. 시집 「제라늄의 분홍미소」 외.

가을 나들이
– 초등학교 동창회

삼봉 산기슭에
아직도 동심으로 지구를 걱정하는
머리 희끗한 순진무구한 부부가 살고 있습니다.

가을을 안주삼아 추억을 되새김질하시며
어린왕자와 백설공주로 마중하셔서 밤이 늦도록 감사합
니다.

나이 지천명의 제자들이 일곱 난장이가 되어
넘치고 모자란 재롱에도
기억을 더듬어 주고받는 짠한 이야기에 웃음만큼 아름답
습니다.

오미자를 자식처럼 자랑삼아
몸소 따뜻하게 손을 건네주시는 선생님 내외

별 하나 별둘
나이만큼 헤다보면 얼굴마다 곱게 단풍이 들어가는 친구
야!

내가 네가 우리가 있어
늦은 가을이 알맞게 행복합니다.

＊삼봉산 : 함양에 있는 산으로 초등학교 선생님 부부 거주

박상식 전국공무원문예대전 수필 소설 당선. 부산공무원문인회장 역임.

오래된 풍경

상자를 연다
세상 이바구가 와글거리는 봄날
검게 그을린 모니터 안에는

엉켜진 소리가 부풀고 있다
노모 왈
─이 방은 사람도 고물이고, 티비도 고물이다
─썩은 티비이 인쟈 죽어뿟네

숨죽인 기다림 속에
텔레비전은
소리마저 잃었고

고뇌가 묻어나는 노모의 대화는
요양원 병실의 오래된 풍경

박서현
《뉴에이지문학》 편집장. 밀양문인협회 사무국장 역임. 창원시보 편집위원. 경남문인
협회 사무처장. 한국문인협회 회원. 시집 「세월 저 너머 기억」, 「봄일 때는 봄을 몰랐
다」. 에세이집 「오늘, 달릴까. 걸을까」, 「새벽이 산으로 넘어 갈 때」. 한국문인상, 정과
정 문학상, 실상문학상. 문예시대 아카데미 문학상 등 수상.

치킨 앞에서

배달원 손에 들려 온
치킨 앞에서
고소한 향기에
저절로 흐르는 군침!
토막 난 사대육신 오그라들어
형체가 후줄근하다.
입술 근육 씰룩이며
식도락에 젖는 인간 군상!
맛난 주전부리 앞에서
희생자에 대한
염치 체면 다 팽개치고
게걸스레 다투는 중이다.
달걀 고기 닭발 깃털로
모조리 소신공양하고서
미련도 여한도 남기지 않고
내세를 꿈꾸며 하나씩 사라지는
불멸의 성자聖者!

박정도
부산시공무원문인회 부회장. 청담문학회 회원. 부산 서구청 교통행정과 근무.

가을 지나며

박정애

고구마가 익어가는 계절
사랑도 붉게 익더라
달빛 속에 가득 찬 사랑
언제까지 달리려나
느티나무 아래
심심한 고구마 사랑

바람 부는 날
햇살 따시게 들면
마음 채우며
가던 길 멈추지 않기를

이파리 허리 굽히는 날
옆에서 때론 뒤에서
멀리서 가까이서

바람 되어 살펴보리라
고구마줄기 무성한
가을 하늘 날아보리라

박정애
2014년 《한국현대시문학》 등단. 부산시공무원 문인회 회장. 부산을 가꾸는 모임. 알
바트로스시낭송회. 부산영호남문인협회 이사.

산 같은 사람

만수탕 옆 오후 나절
채소밭 짊어지고 오는 노부부
사람들 발길이 겨우 닿는 귀퉁이 노전 펼친다
파 상치 고추 호박 사이좋게 둘러앉히고
굵은 땀방울로 푸성귀 씻고 있다
소박한 웃음까지 덤으로 주다 박스 위 주저앉는 노파
까만 손톱 밑 아픔 잊고 손자 학자금 생각에 들다
눈물 그렁한 지난 시간 비닐 덮개 펼치는 노인
아침저녁으로 허리 굽혀 등지게 위에
산 비탈길 채마밭을 지고 날랐다
젖은 장바닥 가득 쓴맛을 없애려 탁주 한 사발씩
나누어 마시며 가끔은 깊은 그늘강을 훔치고 건넜다

저녁 어스름 사지 않아도 되는 푸성귀
떨이로 몇 봉지 사가는 생선 노점상 이씨
맨몸으로도 우뚝 선 사람 있어
눈시울이 아파오는 이 언저리

박혜숙
한국문인협회 한국사편찬위원. 부산문인협회 시분과위원장. 한국동서문학 편집위원.
새부산시협부회장 겸사무국장. 부산시인상 외. 시집 『청매화 귓속말』 외.

배
기
환

별꽃이 피는 강

명징한 사월의 달빛 아래 강을 건너온
희뿌연 안개의 목덜미를 붙들고
날카로운 부리를 곧추세우는 바람,
거친 바람의 날개가 강물을 흔들며
포플러 나무와 갈대의 허리를 붙들고
우우우 소리 지르며 운다

안갯속을 가로지르며 흘러가는 강
강물 위로 무수한 별들이 추락하고
추락한 별들이 물 위에서
노랗게 별꽃을 피우며 시위를 한다

사방을 두리번거리며 시샘하는 어둠
순식간에 달과 별들을 삼켜버리고
강을 쳐다보며 깔깔거리며 웃고 있다
그동안 얼마나 많은 별들이
강물 위에 그의 발자국을 찍으며
강을 따라 유유히 흘러갔을까

배기환
1997년 《시문학》 등단. 부산문인협회 시분과위원장 역임. 부산일보 해양문학상, 한국해양문학상 대상 수상. 시집 「전생을 굽다」 외.

홍매화

겨울을 건너온
아련한 기억들이
햇살 따듯하고 바람 맑은 날
톡톡 그리움으로 터지고 있다

아직은 눈바람 속이지만
갈치 비늘 빛 낙동강 윤슬 위로
저절로 피어나는
한 시절 안타까운 사랑을 어쩌랴

그대를 만나고 싶은 마음들이
가지마다 꽃봉오리로 맺히더니
숨길 수 없는 첫사랑이듯
폭설 속에서도 홍매화가 핀다

배동순

시인, 시낭송가. 동백낭송회 회장, 새부산시인협회 부회장. 제1회 국보문학 전국시낭
송대회 대상.

선창에서

우리 어촌계장 박씨는 바람 부는 선창에 앉아
오늘도 찢어진 그물을 깁고 있습니다.
낡은 그물을 펼쳐놓으면 지난날들의
서러움도 같이 펼쳐지고,
한 올 한 올 말없이 그물을 꿰어 메어도
지나간 세월은 하나도 기워지지 않았습니다
수 만 밤을 바다에서 떠돌다가
남은 것은 하얗게 센 머리카락과
갈라진 손바닥뿐인데

낡은 저인망 그물을 바다에 던져
저 깊이도 모를 바다에 던져
이제 무엇을 건지려는지
우리 어촌계장 박씨는 오늘도
혼자 그물을 깁고 앉았습니다

변종환
한국현대문학작가연대 부이사장. 부산예총 감사. 한국현대시인협회 이사. 부산문인협
회, 부산시인협회 회장 역임. 시집 『水平線 너머』, 『풀잎의 잠』, 『풀잎의 고요』 외. 산
문집 『餘滴』 외.

새들의 정거장

대지 위 하늘 아래
허공에 나는 새들아
수많은 세월 흘러 흘러
함께 한 텃새와 철새들
물 한 모금 부리에 적셔
목을 축이고 밭이랑 사이
꿈틀이는 벌레 물고 배를 채우는
너희들은 허공을 날으다
지치면 쉬어갈 곳은 어디더냐
산 넘어 절벽사이 디딜 곳
없는 세상
그 옛날 푸른 숲이 그리운 삭막한 빌딩
빌딩 풍 가르며 비상은 하지만
잠깐 아스콘 바닥에
떨어지는 자존심
이제는 알겠네
하나같이 아래로 떨어지는
하심
쉬어가는 미루나무 정거장이
아쉬워짐을

보우

1992년 《시세계》 등단. 사이편문학상 운영위원장 역임. 부산문인협회, 부산시인협회, 실상문학회 회원. 실상문학상 수상. 시집 『그 산의 나라』, 『다슬기 산을 오르네』, 『눈 없는 목동이 소를 몰다』, 한시집 『감천에서 매창을 만나다』, 감천문화마을 「관음정사」 주지.

산마을의 봄

생강나무 알싸한 꽃향이 매워
겨울잠에서 깬 봄

에취!
기침할 때마다 깜짝 놀라 일어나는
잎눈 꽃눈

산 개울도 유리창을 열고
돌돌
베고 누웠던 산돌을 다시 굴리면

시리도록 파란 물소리 끝
먼 산 먼 당 구름 한 점
나비인가 하늘가로 날아간다

선용
부산남구 문인협회 고문. 동심시집과 동요집, 가곡집, 여러 권의 번역집이 있음.

옥수수

얼마나 소중한 몸이기에
무명 한 벌로 모자라
비단 색실로 결결이 치장 했을까
꺼칠한 겉옷 조심스레 벗기면
부끄러워 차마 얼굴 내밀지 못하고
긴 주렴 내려 숨어있는 너

까치가 물고 간 헌 이 대신
가지런한 새 이 숨겨져 있다

때로는 멜로디 없는 악기도 되고
시원하게 등 긁어주는 효자손도 되지
알알이 씨눈 속에 생명이 살아있어
인류 진하에 빼 놓을 수 없는 진상이다

한 여름 온 가족이 모여서
모닥불 피워놓고 연주를 하면
구수하고 달콤 쫄깃한 맛
시름도 무더위도 잊게 하는
너와의 진한 입맞춤

성복순
부산문인협회 회원, 부산시인협 이사, 시가람낭송문학회 사무국장.
시집 『일상의 축복』 외.

여행시첩 · 34

– 제7회 거제문화예술제

장마철이라 계곡에 흘러가는 물소리 창창하다
다행히 비는 오지 않고 구름 낀 상큼한 날씨
문동폭포길에서 거제문화예술제가 열렸다

문화가 융성한 나라가 되어야 한다고
백범 김구 선생께서 강조하셨고
문화예술은 사람을 사람답게 만든다고 축사하시는 분

내 시작은 미미하였으나 내 나중은 창대하리라
성경 말씀처럼 거제문화예술제에
영원히 창대하게 흘러가소서

손순이
시인, 동화작가. 강서문인협회 직전회장. 부산불교문인협회 부회장. 부산문학상 본상
외. 시집, 동화집 등 저서 20권.

겨울잠

동굴 속에 웅크린 곰처럼
살얼음에 갇힌 버들치처럼
고독의 뿌리, 내 맘의 풀씨여

잠 못 들고 뒤척이는
내 겨울잠도 저들처럼

손애라
2002년 《실상문학》 시, 2014년 《문장21》 수필 등단. 부산시인협회상 등 수상. 시집
『그림엽서』, 『종점부근』, 『내 안의 만다라』. 산문집 『꽃비 내릴 때까지』.

손옥자

까마득한 날에

우리가 걸었던 적이 있던가?
까마득한 날에
뜰에 앉아 토끼풀로
너 하나 나 하나 끼워준 꽃반지

오래가지 않았지?
꽃이 시들 때 너도 시들어
보낸 서럽던 날

이제
꽃반지 하나
시들지 않았으면 좋겠다
녹아든 마음이 또 시리 울까 봐

손옥자
부산불교문인협회 이사. 부산오륙도시낭송 문학회 부회장. 시집 『상사화』.

꽃다지에서

노오란 달빛아래
꽃다지는 사람의 가슴을 닮아
밤 불빛에 목마른 기척 뿜어
제 몸 숙이며 붉어만 갔다

찾아드는 사람도
등을 돌려 떠나는 사람도
저마다의 저린 사연 하나쯤은
눈물 어리게 품고 있음을
흔들림으로 체득할 때
아름아름 가을을 지고 간다

손은교
《해동문학》 등단. 한국문인협회 복지위원. 국제pen한국본부 이사. 부산문인협회 편집위원. 한국국보문학 시분과 회장. 시집 『25시의 노래』 외.

약봉지는
직립으로
걷는다

제8회 문동폭포길 거제문화예술제

제4부

●

붉은 동백꽃이 탄불처럼

손
해
영

봄 편지

유난히 하얀 장미꽃이
핀 봄이다
네가 떠나고
함께 가버렸던 봄

네 고운 미소가
아픈 가시가 되어
내 가슴에 깊이 묻혀있을 줄
너도 나도 몰랐지

비가 추적거리는 날
장미꽃잎 떨어지면 줍다가
엎어져 우는 빗물처럼

너를 향해 흐르다가
오늘
또 가는 봄날이다

손해영
《한맥문학》 등단. 시집 『저 혼자 붉어도 아무 말 없는데』.

꿈꾸는 섬

할머니가 들려 주셨지
섬은 육지였다고

내 몸에서 떨어져 나간
내 살붙이

섬아 섬아 둥둥 섬아
자장가 소리 들려오고

섬들은 꿈속에서
엄마 엄마 부른다.

송순임
부산남구문인협회 회장. 부산여류문인협 회장 역임. 국제펜한국본부. 한국문인협회.
부산문인협회 회원. 부산카누연맹 회장. 다솜아트홀 대표.

백연탄

빈손만 남고 왕창 망한, 동백 연탄 공장 자리에
활활 타는 듯 붉은 동백꽃이 탄불처럼 피었다
방금 불을 갈아 넣어서 불꽃이 일어난 듯
후끈후끈 땅 냄새 석탄 냄새나는
무너져 내리는 인부 숙소 안마당 활활 방금 내버린
뜨거운 연탄재인 듯, 동백 꽃불이 일렁인다
귀뚜라미 석유 보일러 집집이 들어와서
속이 까맣게 타서 죽은 연탄 공장 주인은
하나둘 떠나는 인부들에게 이렇게 말했다지
(세상에서 가장 소중한 연탄은 두 손바닥입니다)
꽁꽁 언 삼신 할매 손바닥 두 장이 차가운 아궁이에 꽃불
지피네
녹슨 연탄 기계 꺼내 철커덕거리며 한 치 오차 없이
온 지구에 온기를 데우며 상차上車의 붉은 마킹
허공에다 쿡쿡 눌러 찍네

송유미
경향신문 신춘문예 당선. 시집 『검은 옥수수밭의 동화』 외.

넉넉한 지구

땅은 넓다
혼자 살지 않겠다면

먹을거리 넘친다
혼자 먹지 않겠다면

얼마든지 잠 잘 집 있다
혼자 눕지 않겠다면

지구는 넉넉하다
혼자 사랑하지 않겠다면

신 진
《시문학》 추천완료(1974~76), 시집 『멀리뛰기』 외, 시선집 『사랑시선』(한국대표서정
시100인선, 시선사) 외, 논저 『차이 나는 시 쓰기』 외, 동화집 『반려인간』 외, 에세이
집 『촌놈 되기』 등. 현 동아대 한국어문학과 명예교수.

( )

갈수록 읽어낼 수가 없는 네가 문제겠어
갈수록 너를 읽을 수 없는 내가 문제겠지

신현보
난초시인 심현보. 감성 약사 시인 등 다년간 SNS에서 활동 중. 현재 충북 건명 의료
재단 진천 성모병원 재직.

진달래 꽃

바스락 낙엽소리
굽어진 산길 따라

떨어진 꽃잎으로
십자수 수놓으며

만나서 좋은 그사람
함께해서 편하다

물소리에 귀 기울이니
진달래꽃 나를 반겨

흐르는 작은 개울
꽃잎만나 웃음 짓고

예쁜 꽃
잎 하나물고
사랑에 빠져든다

심명순
《문장 21》 등단. 부산시인협회, 한국사진작가협회 회원.

봄날 두류산

두류산 외딴 마을
살구꽃 만발했다
물소리 바람소리
분별없이 흘러가고
먼 구름
춘곤이 겨워
가만가만 자고 있다.

봄날은 눈이 멀어
멧토끼도 본둥만둥
이러다 여름 성큼
청산도 지쳐 눕고
새색시
오시는 날은
누가 맞이할 것인가.

심성보
시조집 『풋콩』 외. 동시조집 『개똥참외』 외. 부경대 명예교수. 국제미전 초대작가.

상형문자

– 이집트〈삶, 죽음, 부활의 이야기〉 특별전에 부쳐

무덤 속 벽면에선
하늘 달 별 나무 사람

시공을 뛰어넘은
간절한 염원들을

생명의 그림글자로
오롯이 수놓았다.

수천 년 지났지만
수만 년의 침묵으로

신비의 줄을 잇는
영혼을 담은 문자

고대의 별이 숨 쉬는
향기 나는 벽이었다.

심옥배
《한국수필》 등단. 국제펜문학 회원. 경남수필문학회 사무국장. 거제시조문학회 회원.

그대가 사는 이 세상

그대는 사람에게 지쳐본 적이 있는가
질문에 답할 무엇도 없을 때
그저 피곤하고 답답하기만 한 것을

그대는 사람에게 실망해 본적이 있는가
어떤 말을 건네도 돌아오는 대답이 부정적일 때
삶이 두려워진다는 것을

그대는 사람에게 슬픔을 느껴 본적이 있는가
나의 존재가 무의미 하다는 걸 알았을 때의
참담함이
얼마나 절망적인 가를

그러나 신은 그대와 나에게 생을 주었다
시련도 실망도 슬픔도
모두 이겨낼 수 있는 단단함과 함께

안정란

2017년 《문장21》 신인상 등단, 한국문인협회, 거제문인협회 회원. 거제문인협회 사
무간사.

금정산성 남문

금정산성에서 가장 아름다운 곳
남문
수구로 내리는 물빛
푸른 엉겅퀴 잎사귀에 녹아나는데
수려한 자태 속에서
바람도 자주자주 불어
안온한 봄볕을 받고 있을 때
솔수펑은 그대로 봄을 이고
말없이 엉금발이로 걸어갔다

애기소
산간물은 흐트러짐이 없이
어둔 세상을 감아내었다

냉이와 취나물
그리고 쑥향까지 내 속에 박혀
다시 봄을 부른다

안태봉
시를 짓고 듣는사람들의 모임 회장. 한국독도문학작가협회 중앙회장. 부산사투리사
전 저자. 시집 『너를 위하여』 외.

장미 가시

달빛도 모르게
그리움 하나
수영강에 슬쩍 밀었다.

완전 범죄임을
자축하는 동안
바람이 지나가고
어느 날은 비도 왔다

앞다투며 강나루에
내 그리움 먹고 피는 장미
날 선 푸른 가시

화창한 날
마구 찔러댄다
내 가슴은 핏빛이 된다.

염계자
부산출생. 2007년 《좋은문학》 등단. 부산남구문협 부회장. 부산문인협회, 부산시인협회 이사. 시집 『겨울 나비』.

매화 마을

여인의 속살 같은 햇살 품은
섬진강변 하얀 모래톱
선잠 깬 매화꽃은 이른 봄을 탓하고

아지랑이 피는 나루터
강가에서 서성이는 차량들의 긴 행렬
벌써 마음은 강물 위를 내달아
매화향기 가득한 마을로 보내고

못내 사랑하는 얼굴처럼
매화꽃 송이마다 봄이 열리고
부끄러움에 살짝 푸른 계절이

이맘때면 떠오르는
달콤하게 숙성된 첫사랑처럼
장독대 마다 가득가득 담겼다

옥순룡
한국문인협회, 거제문인협회 회원. 청마사업회 이사. 거제포토갤러리 매니저. 거제시
해양조선 관광 국장 역임.

人인生생旅여路로

온갖 풍상 겪으며
멀리 보던 내 삶
서로 하나 되어 살다가
그대 훌적 떠나니
빈약한 심신에
백발이 덮인다

인생풍상은
경륜을 잠재운 세월
순행과 역행의 파도를?타고
언덕을 되돌아 보네

실상없는 구름이양
어디론가 사라진 그대
원종原終은 어디인가
어리석은 사람아
나 갈 곳이 없구려
파족巴蜀길 노을지네

옥치부
2020년 《국보신문》 시 등단. 시인, 수필가 활동. 거제 하청면 출생. 한국문인협회 회
원. 부산남구문인협회 고문.

또 불은 누가 켤까

어머니 떠나신 방 물음표가 앉아 있다
혼잣말이 다닥다닥 말라붙은 부엌 바닥
나팔꽃 저물어 갈 때 고봉밥이 피어난다

유마경 외고 있는 구순의 울 아버지
고양이 밥그릇은 다 저녁 소일거리
하루가 문 닫아걸면 눈을 뜨는 뭇별들

아랫목 이불 덮고 누워서 쓰던 일기
지금은 작은 몸집 등 굽은 대들보 아래
효도를 다짐한 일기장 그 시절이 떠오른다

우아지

경남 함양 출생. 1993년 《현대시조》 등단. 시조집 『염낭거미』, 『손님별』, 현대시조100
인선 『점바치 골목』 등. 산문집 『세 번 결혼한 여자』. 부산문학상 대상 등 수상 .

구절초

얼마나 꺾이고 쓰러져야
너의 아픔에 위로가 될까

그대가 다가서지 않으면
고통의 깊이도 알 수가 없으니
아름다운 꽃을 피워낼 수도 없었으리

꺾이지 아니하고
떨어지는 절망의 늪처럼
하얗다 못해 진한 선홍빛

구구절절 꽃을 피워내기 위해
네가 내 안에서
남모를 설움을 간직하였구나

너의 얼굴은
아홉 고비 꺾어지듯
희다 못해 점점 붉어지니
네 이름이 구절초가 되었구나

유진숙
한국문인협회, 부산문인협회, 부산시인협회 회원. 천성문인협회 명예회장. 저서 『내
마음속에 머문 그대』 『강아지풀』 외. 청옥문학 작가상. 천성문학 대상. 전국들꽃축제
꽃문학상 등 수상.

약속은 버려진 낮달이 되어

언젠가 당신은
여름에 함박눈이 오면
나와 사랑을 하겠다고 했다

세상 살아가는 일이 한사람의 마음을 얻는 거라면,
숫돌에다 나를 천일쯤 갈면
황금 들판을 앞에 둔 농민의 번득이는 낫처럼
광채를 내면서 사랑은 다가오려나

사랑을 지니지 못한 계절이 수없이 지나가고
사랑에 버림받은 꽃들은 빛을 잃은 낮달이 되어
창백한 하늘에 걸려 있고
그대가 잠든 밤에도 잠 못 들고 울고 있는 별 하나 있다

푸른 신호등 눈알이 빨갛게 충혈 되어
당신을 세울 때
아무도 술주정이라 말하지 못할 것인데

윤동원
문장21 등단. 한국문인협회, 거제문인협회 회원. 거제시 연주인협회 회장. 해금강밴
드 단장.

금둔사에서

일상을 벗어두고
훌훌히 떠나왔네

누가 저 비를 품어
이 적막을 적시는지

고뇌를 헹구어 봐도
물소리는 그대로다.

납월 홍매 반기어준
금둔사 천년고찰

향긋한 홍매실차
정을 타서 마셔보면

여운 긴 목탁소리만
골을 차고 넘치더라.

윤미정
2020년 《현대시조》 등단. 거제시조문학회 사무국장.

표정

－人相石展에서

오얏꽃 이울던 날 대면한 돌사람들
백이던가 천이던가 말 없는 군상 속에

나 또한 돌사람 되어
지친 몸을 앉혔다.

시상에 잠겨있는 망월의 李白이며
이빨이 하나뿐인 해맑게 웃는 노승

우리네 사는 이야기
햇살 아래 정겹네.

한참을 헤맨 끝에 용케 만난 나 닮은 돌
속내를 건네어도 딴청만 부리더니

살갑게 돌이 웃는다
시간 밖의 저 생명.

윤윤주
거농문화예술원 실장. 거제시조문학회 회원.

연두빛 찻물 2

무심천속에 찻물이 흐르고
세상사 흰구름 타고
훨훨
바람속으로 날으네

흰소가 아홉고랑 쟁기질 일구는
구름밭
백학이 내려와 차 잔속을 거니네

윤충선
한국불교 문인협회 부회장. 국제펜클럽 한국본부 이사. 부산지부 부회장.

연서

진달래 피어나자
산철쭉도 눈 비빈다

적막한 비탈까지
바람이 전하는 연서

집배원 우편가방이
떠오르는 이 봄볕.

이덕재
2017년 《현대시조》 등단. 거제시조문학회 회장. 시조집 『개똥벌레』.

문동 별곡

시끌벅적 일 구 세태에도
산천 봄날은
눈치 없이 익어가고
청정
문동 계곡 젊은 보약은
벽력霹靂 자존 품어 안고
동쪽으로 둥글게 흘러간다.

이도연
까뮈문학상 대상. 전국 꽃 문학상 우수상. 영남문학상 수상.

멍울

일몰에도 붉지 못한
검푸른 바다

하얗게 지새우는 밤
골골이 흐르는 눈물

막힌 가슴 쓰다듬다
까맣게 그을린 하늘

바람만
뜨거운 날숨으로 한 을 뱉어내는데.

내 마음 속 멍울은
낮은 신음으로 보랏빛으로 물든다

이말례
2011년 《문예시대》 등단. 부산시인협회, 남구문인협회 이사. 시집 『그렇게 살아도』,
『삶의 길목에서』, 사진시집 등.

골목

건너 집 팔순 가까운 홀로된 할머니
아들 손을 잡고 병원을 간다
차 앞 유리창으로 두 사람이 들어온다

차창이 흐려진다
이러면 안 되는데
눈물 흘릴 자격이나 있나
어머니 손잡은 기억 얼마나 될까
어머니 손을 잡고 병원에 간적은 몇 번일까
마음이 뭉클 해진다

삼십대 아들 손을 잡은 할머니
끌리듯 따라가며
한손은 힘차게 허공을 휘젓는다.
길에는 둘뿐인데 꽉 차 보인다
그들이 빠져나가자
내 가슴이 텅비어온다

이명섭
2004년 《에세이문예》 등단. 부산남구문인협회 회원.

제5부

●

가
시
나
무
새

그
늘
처
럼

한 잔의 고요를 마시며

달빛 쏟아지는 밤
빈 방에 홀로 앉아
저 멀리
출렁이는 파도를
바라보며
한 잔의 고요를 마신다.
나의 긴 묵상은
새하얀 포말처럼
사르르 녹아내리고
순간 떠오르는
그리운
얼굴 하나
사방은 비로소
깊은 적막 속에 잠긴다.

이문걸

1977년 《시와 의식》 신인상. 동의대학교 명예교수. 〈木馬〉 시문학동인회장. 부산문학상 등 수상. 시집 「풀꽃 심상」 외, 시론집 「한국현대시 해석론」 외.

아버지의 공일

비가 내리면 진한 흙냄새가 나던
내 고향 아버지 집,   너른 마당
낮과 밤으로 넓은 밭을 누비던
아버지의 호미가 빗물에 씻긴 얼굴로
우물가에서 잠이 들고
촉촉하게 젖어야만 피어 오르는 흙내음에
손 때와 먼지가 내려 앉은 휴일 오후
작은 화단의 앉은뱅이 꽃들을
빗물에 발자국이 고인 웅덩이에서 구해주려고
잠든 호미를 다시 깨우는 아버지의 공일
낮게 피어 오르는 굴뚝 연기는
아버지의 안주를 만들어
온 식구가 둘러 앉아 만찬을 즐기는
내 고향 아버지 집, 너른 마당
 비가 내리면 진한 흙냄새가 나던
 아버지의 공일이 그립다

이분엽

충남 홍성 출생. 2013년 계간 《스토리문학》 신인상 등단. 울산詩울림시낭송문학회
회장. '서광문학회' 동인. 새부산시인협회 회원. 대한민국 시낭송가 대상 수상. 시낭송
교육자, 시낭송가로 활동.

버들피리

강바람 길게 부는 벚꽃 엔딩 둑길이다
지는 꽃 보다 말고 지천인 돌미나리 위
늘어진 연초록 잎새 물버들을 만진다
어릴 적 형과 불던 물노래가 파도친다
주머니 접혀 쌓인 연둣빛 나비 날개
후투티 날아간 하늘 한 점 오려내어
터널 속 굳어진 속살 뒤끝 없이 빼낸다
아침이슬 속살 찾아 물오른 4월 물버들
봄 멸치 떼 하얀 숨소리 만파식적
흰 파도 흩어지는 소리 해벽 아래 때린다
삐이익 삑 삘ㅡ리ㅡ리ㅡ리ㅡ
풋풋함 되살아난 멈춤 없는 나의 노래
살찌는 들판으로 어깨동무 달려가고
흐르는 피리 소리에 장다리꽃 춤춘다

이석래
계간 《한국동서문학》 발행인, 한국문인협회 한국문학사편찬위원장, 부산문인협회 부
회장, 새부산시인협회 고문, 사하문인협회 회장 역임. 한국문학신문 부산본부장.

추암 촛대바위

이
석
봉

파도 넘실대는
동해시 앞바다에 촛대바위 너머
일출의 뜨거운 심장
애국가 한 소절로 솟아올라
우리의 염원 불 지핀다

기암괴석 방패 삼아
일본의 야욕을 경계하며
부릅뜬 눈
아스라이 독도를 품 안에 두고
동해를 수호한다

출렁다리에서 바라본
촛대바위
초병의 모습이 듬직하다

이석봉
《청옥문학》 등단. 천성문인협회 회장. '천성문학' 발행인. 한국문인협회, 부산문인협회, 사상예술인협회 회원.

只心島

장승포 바다 저만큼
드론을 날려보렴

한 눈에 다 들어오는
섬 하나 보일게다

한 아름 동백을 품은
고즈넉한 섬이라네.

그 섬을 개발한다
오도방정 떨지 말고

볼락회 안주삼아
詩나 한 수 읊어보세

처처에 숨겨놓은 시편
마음 心자 닮은 섬

이성보
《현대시조》등단. 계간 《현대시조》 발행인. 현대시조문학관장. 현대시조문학상. 신한
국인상. 경남예술인상 수상. 시조집 3권. 수필집 5권. 산문집 3권. 칼럼집 등. 거제자
연예술랜드 대표.

어느 저녁 무렵

– 조수미의 공연을 보고 난 후

그녀가 왔다 가네
바람의 벽을 따라
시간을 분절하듯
동과 서를 가르다가
축 없이 저물어가는
가시나무 새 그늘처럼

내 안에 숨어 사는 또 다른 내가 너무 많아
잠시도 쉴 수가 없어 떠날 수가 없어
돌아가 쉬고 싶은 곳 한켠에 묻은 얼굴

온 생을 다하여도
아직 남은 아리아여
꽃잎이 지고 나니
마디 깊은 새가 운다
당신이 피었던 자리
유월이 쏟아진다

이성의

2007년 《예술세계》 신인상. 20017년 《시조미학》 신인상. 시집 『하늘을 만드는 여
자』, 『저물지 않는 탑』.

이
윤
정

민들레 홀씨

누군들 양지 바른 땅에
내리고 싶지 않았으랴
바람에 떠오른 민들레 홀씨
보도블록 틈새에 불시착하였다

그 비좁은 틈새는 민들레 영토
노란 꽃망울 맺고
홀씨대궁 높이 세웠다

출발선이 다르다
흙수저 인생이다
원망 말자

저 보도블록 틈새
살뜰히 제 세상 펼치고
꿈 찾아 먼 길 떠나는
민들레 홀씨를 보라

이윤정
부산시인협회 이사. 부산가산문학회 회장 및 '가산문학' 발행인. 시집 「산수유 꽃등을
켜다」 「소금 꽃」

능소화

팔월 한낮
눈 찔리듯 아파오는
저 붉게 타오르는,

願이 깊으면
손가락 끝마다
불을 지핀다는데,

꽃으로 피기 위해
스스로 지핀 불에
스스로를 태우는
능소,

촛불 같은 생애
손에 손잡고
담장 넘어 어디로 가는가

이은숙
경북 예천 출생. 부산문인협회. 부산카톨릭문인협회 회원. 시집 『북어』.

청호 반새

첫사랑의 무모함같이
수면으로 돌진하는

한 번 두 번
낚아채는 삶 속에
물방울 푸르게 튄다

흔적 없이 사라져도
끝없는 그리움의 날갯짓
청호 반새 이름 하나로
온 바다가 출렁인다

이은영
2010년 《수필과비평》 등단. 2014년 《모던포엠》 시 등단. 한국문인협회, 거제문인협회 회원.

울음이 재*

문동폭포에 전해오는 울음이 재 전설 하나 있지
옛날 아주리 탑골마을에서
문동폭포로 넘나들던 잘록한 고갯길

꽃 핀 어느 봄 날
울음이 재 넘는 살가운 오누이
갑자기 몰아친 비바람 속 아찔한 분내
동생의 차가운 눈길에 떨어지는 잎사귀

돌아오지 못하는 동생을 부여안은
누나의 애절한 울음은 산 메아리로 퍼지고

기억을 남기지 않는 물방울들은
세상 하나가 되고 싶어
몸부림으로 폭포수 되어 흐르네

* 아주동 탑골 마을에서 문동폭포까지의 고갯길

이은희
2020년 《부산시인》 신인상 등단. 부산시인협회 회원.

봄꽃 전화

꽃이 지구를 떠받치고 있던 날
햇살 가득한 벚꽃 나무 아래서
반가운 전화를 받는다
시계 분침을 거꾸로 돌리며
언덕 너머 강 건너
오랫동안 만나지 못한 사람과
웃음 여행으로 기적을 울린다
햇쑥 향도 꽃 그림자에 흐르고
그리운 가슴도 쓸어내린다
보고 싶어서 봄이라고 했던가
수양버들 초록빛처럼
창창한 목소리가 봄이다

이정숙
1993년 《한국시》 등단. 시낭송가. 한국문인협회, 부산문인협회, 영호남문인협회, 가
톨릭문인협회, 새시인협회 회원. 강변문학낭송회 감사. '북구문학' 편집장. 시집 『홍도
의 만찬』 외.

노포 장날

사라진 그리움들을 찾는 날
닷새 파수로 열리는
노포 장날에 가서
시계전에 팥 한 되 사고
술청에서 생탁 한 사발 기울이면
하얀 사기그릇을 채우는 짙은 향수
등걸잠에 걸레 머리한 그 남자도
남사당의 어름사니도
술추렴할 동무들도
지게에 얹힌 물거리도
모두가 보이지 않아
고향을 하나 사야 하는 디
말라비틀어진 내 지갑이
오늘 따라 가엾어 보여
는개 내리는 노포 장날

이종호
1964년 《새교육》誌 전봉건 시인 추천으로 시작활동. 부산남구문협고문. 한국문인협
회원.

임
종
찬

해인사海印寺 가을

바다가 거울이면
거울 앞에 누가 있나

누구면 무엇이며
누구인들 무엇하랴

바람이 풍경風磬을 때려
새치 뽑는 저 노송老松

임종찬
1966년 부산일보 신춘문예 시조 당선. 1973년 《현대시학》 시조 천료. 부산대 명예
교수. 한국시조문학회 회장 역임. 시조집 『청산곡』 외. 연구서 『고시조의 본질』 외. 수
필집 『통합적 시각으로 세상보기』 외. 부산시문화상, 성파시조문학상 등 수상.

경칩을 지나면서

푸르른 산은 기울고
수수밭머리에 연두창 같은 저녁 빛
너무 물러 터져서
고구마순도 거둬내고
땅콩 밭으로
푸르게 기어갔는데
개구리가 알을 잔뜩 낳아서
봄을 재촉한다

올 때도 기다림 없이 왔고
갈 때도 기별없이 떠났다

아 세월이여
내 짧고 행복한 낮잠 속에서
당신을 기다리는 맘
알고나 있을런지
밤마다 열병을 앓고 있나니

장성희
시를 짓고 듣는 사람들의 모임 부회장. 부산사투리보존협회 자문위원. 한국독도문학
작가협회 이사.

외도의 봄

장은정남남쪽 다도해에 조그만 섬 외도
봄바람 불면
선창에 차고 드는 햇살 더불어
눈빛 가득 물비늘 반짝이고
청정바다 가르며 오른 이곳
보타니아

그 옛날, 아무도 모르게
자연과 살려던 어느 부부의 꿈
땀방울이 구슬 되어 눈부시다

손길 닿은 자리마다
꽃 피고 새싹 돋아
남국의 정취가 이국의 향기로 풍긴다

이젠 미망인이 된 보람의 씨앗
그리움 곳곳 애틋한 사연
수많은 사람의 발길로 피어나네

장은정(소호)
2011년 《詩와 수필》 등단. 부산문인협회, 부산시인협회 회원, 신서정문학회 편집장.

모래 세상

손가락 마디 사이를 흘러내린
흩뿌려진 모래 스케치북
나비들 떼 지어 날아
탐스런 동백꽃을 피우고
해는 바람 언덕 위 풍차에 걸리어
한껏 여유로운 빛을 발한다

손가락 끝에서 피어나는
눈부시게 아름다운 세상
고니 한 쌍 유유히 노닐어
방울방울 퍼지는 빛의 파동들

미소 머금던 환한 눈빛
더는 움켜잡을 수 없음을
아쉬워 아쉬워
그림자는 느리게
남은 해를 품어 당긴다

정귀숙
《문장21》시 신인상. 한국문인협회 회원. 한국문협 거제지부 사무국장.

정
남
순

진동 가는 길

해변 길
파도도 없이 잠긴 포구 너머
줄지어 놓고 있는 유리구슬 부표

등성에 쏟아져 핀 흰 찔레꽃
윙윙거리는 벌의 날개가
꽃을 파고들어 더욱 애잔한 어린꽃대
벗겨 문 배고픈 길가
엉겅퀴 보랏빛 탐스런 머리
이발소 의자에 앉아 웃는 거울 속 얼굴
돌돌 돌려 벗기던 미더덕
그 뱃고동 울던 항구의 향이여

초록치마 흰 저고리
커브 길에 선 어머니
보였다 사라지는 이별

정남순
한국현대시인협회 중앙위원. 국제펜클럽한국본부 이사 역임. 시집 『붉고 푸른강』 외.
기행수필 『일주일로 본 천년지방자치 독일』.

생각해 본다

정
명
희

욕망의 터널을 벗어나고파
시간의 널 띠기를
수없이 반복해 보면서
생각해 본다.

아무리 발버둥 쳐 표효 해도
갈 수밖에 없는 파도의
몸부림을

노을 속 휴식이 간절할 때
생각해 본다.

바람에 부대끼고
미물에 할퀴어져 덧나는 상처

되돌아 피어남을
반복하는 잎새의 생채기를
생각해 본다
그래 그렇구나
그러 저러해 오늘이 가는구나

정명희
영호남문인협회 이사, 남구문인협회 회원. 세대공감 시부문 금상.

언약

순,

우리의 언약을 나무에 새길게요
아파할 어린 은행나무라서
정표를 줄기에 매달까 해요
그러면
하늘까지 오를 우리 사랑 이야기는
천년을 무럭무럭 자라겠지요
비와 바람 안고
비밀스럽게 간직된 마음은
어둠을 두드리며
묵묵히 길을 걷는 달과 같이
또 어둠 헤치며 달리는 태양같이
오랜 세월 변하지 않을 그곳에
가만히 매어둘게요

정상화

《한국문학예술》 신인상. 한국문학예술 운영위원. 남산시낭송회 운영위원. 거제문인협회 사무차장. 시집 『하늘그림』.

향수鄕愁

– 눈 오는 날

고향하늘 바라보며
행낭을 챙겼더니
함박눈이 소복소복 걸음을 막아서네
아릴대로 아려서
바람비늘로 번뜩이는 향수
고향 강가에서 쓸쓸히 빛바래진 추억
골 깊은 주름살에
고향하늘 머금은 눈물이 흐르네.

–〈한국문학신문〉 2021. 2. 10일자.

정순영

1974년 《풀과 별》(이동주, 정완영) 추천완료. 시집 『시는 꽃인가』, 『사랑』 외. 부산문
학상, 한국시학상 등 수상. 부산시인협회 회장, 국제pen한국본부 부이사장. 동명대학
교 총장. 세종대학교 석좌교수 역임. '4인시' 동인.

마른 풀잎의 말

창밖으로 보이는 좁은 화단에
이제 말라 시든
강아지풀과 엉겅퀴가 춤추고 있다

저것도 또 다른 생명일까

마른 풀잎이 몸 흔들며 말한다

이 몸짓 또한
끝내 버릴 수 없는
또 다른 생존 증명이라고

정신자

2007년 《새시대문학》 등단. 한국꽃문학상. 부산여성문학상 수상. 시집 『갠지스에선
아무도 울어선 안 된다』, 『그냥 가자』, 『세월이 물이다』

경전을 읽다

절간 텃밭에서 농사짓는 노스님
앉으나 서나 거름 없는 농사가 걱정이다

수소문한 참기름집
넉넉한 주인의 마음씨를 모셔 온 날
묵정밭 일구는 괭이질이 신바람이다

그 신바람이 일으킨 물이랑
이랑 속에 집 지을 작은 씨앗의 안부가
벌써 궁금하다

봄비 소곤거리고 지나간 뒤
말갛게 내민 연둣빛 발자국 소리에
흥겨운 산새들 휘파람 소리

텃밭은 경전 씨앗은 법문이 되는
스님의 한나절이 노을을 등에 업고
뉘엿뉘엿 봄을 건너고 있다

정은하

1957년 경남 남해 출생. 2001년 《한맥문학》 등단. 재능시낭송협회 부산지회장 역임.
부산예술총연합회, 부산여성문학인협회 시낭송 강의.

약봉지는
직립으로
걷는다

제8회 문동폭포길 거제문화예술제

제6부

●

꽉 막혀서 서성거리는 길

서서 자는 바람

꼿꼿하게 선 바람 아래는
햇살도 부드러워
숨가쁜 시간을 잠시 놓고
휴식을 마련한다

눈을 가물가물 감고
움츠렸던 어깨를 펴고
몽상에 감겨
나비인양
시붓 끝을 건드린다

노랗게
발갛게
파랗게 흔들리며 다가오는
그것들의 콧등에 입술을 맞추고

돌아오는 현실
그 앞에서도 아름다운 바람
나의 지각을 깨워놓고 시치미를 뗐다

제근희

경남거제출생. 2017년 《문예시대》 등단. 부산문인협회, (사)부산시인협회, 은가람문학, 한국사진작가협회 회원. 영호남문학 이사. 시집 「느낌표」.

등꽃

보랏빛 등꽃 아래
둘이 앉았던

바닷가 그 벤치.

찬연한 푸른 시절
꿈같은 사랑

황홀한 순간들,

봄날은
흘러가고

새끼손가락
지키지 못한 꿈

바닷가 나무 벤치
보랏빛 향기

그리움 젖은 눈.

제성행(청심)
거제시 둔덕 출생. 격월간 《서정문학》 운영위원. 서정문학 작가협회 부회장.

군자란君子蘭

한겨울 엄동설한 조용히 잎만 내고
묵묵히 잠자는 듯 눈길도 안 주더니
입춘이 몰고 온 기운 다정함을 전하네

오묘한 이빨처럼 살포시 오르더니
연분홍 꽃망울로 희망봉 피워주네
코로나 팬데믹 난리 떠나가라 외친다

의젓한 자태로서 웃음꽃 펼쳐지고
무언의 진리 속에 자연의 순환법칙
군자란 아름다운 꽃 새생명을 안긴다

역경을 이겨내고 일어선 군자꽃잎
세상은 소란해도 힘차게 일어나서
오늘도 일러주는 듯 행복하게 살라네

조동운
《詩와수필》《시조시인》 등단. 신라대학교 평생교육원 교수. 시를 짓고 듣는 사람들의
모임 고문. 부산시인협회 회원. 황령문학회. 한국독도문학작가협회, 부산사투리보존
협회 자문위원.

박 바가지

꿈이 작아졌다면
아마도 나이가 많을 겁니다
지금은 보기 힘든 초가지붕이,
그 위에 열린 몇 덩이 박이,
내 가슴에 열립니다

박은 초가지붕이 제격이지요
넝쿨이 마르기 시작하면
박은 반쪽으로 살아갈 준비를 합니다

속을 비우고 반이 됩니다
반이라 그런지 무엇을 퍼도 꽉 찹니다

압니다
하얀 박꽃을 피우던 어머니의 꿈도
박 바가지에 보리쌀이 철철 넘치는
겨우 그 정도였지요

조성범

부산출생. 《현대시문학》, 《아동문학평론》 등단. 한국문인협회 해양문학연구위원. 부산문인협회 사무국장. 부산시인협회 회원. 현대시문학작가회 회장. 한국해양문학 최우수상. 부산문학상 대상. 정과정문학상. 금샘문학상 외. 시집 『갸우뚱』, 『달그락 쨍그랑』, 『결』, 『다음에』 외.

매화꽃 그늘 아래에 있으면

코로나19
신종 바이러스
검은 손으로
세상을 쥐락펴락
하지만
매화꽃 근처에는
얼씬도 못하지요
매화꽃 그늘
아래에 있으면
코로나19 신종 바이러스
눈물 글썽이며
돌아선다오.
티없이 깨끗하고
고결한 매화꽃
하염없이 바라보고는
부끄러워 차마 부끄러워
맥없이
돌아선다오.

조원희
《문학도시》시, 수필부문 등단. 시를 짓고 듣는 사람들의 모임 부회장. 부산문학인아
카데미협회 공동발행인 및 부회장. 부산불교문인협회 편집차장. 시집 『이팝나무의 소
원』.

풍장

눈 먼 바람이 묻더이다.
매화 향기 따라 떠나면 어떻겠냐고.
기특하게 한 겨울을 이겨내고 피워 올린
꽃망울들.
작은 송이에서 뿜어내는 아찔한 내음.
함께 가면 좋겠다.
이런 향기와 길동무를 하면
먼 길도 섭섭하지 않겠구나.
강바람이 밀어 주는 대로
솔바람이 이끄는 대로
풍경 속에 부드럽게 스며들어
멀고 긴 순례 길을 떠나리라.

조을홍
2002년 《수필과 비평》 등단. 오륙도 문학상 본상 수상. 2017년 수필집 『어머니의 탱고』.

양지꽃
– 연애詩 53

여덟 물 노란 뚝심을 여덟 번 뒹굴다 올라온다

뽀글뽀글 끓어오르는 길 바짝 엎드려 입 꾹꾹 다물고 있다

가도 입천장 오래 숨겨두었던 모래 딛고 바다정원 갈 수
있을 거라 믿는 거였다

등 깨진 수달
수염만 내밀고 있을 때

아홉 물 참았던 해감이 올라온다

양지바른 해풍
밀어야 하는데

뱀딸기 자갈자갈 입 벌어져야 하는데

꽉 막혀서 서성거리는 길

끝이 먼 길

여덟 번 노란 뚝심으로

조 준
2017년 《사이펀》 신인상으로 등단. 계간 《사이펀》 편집위원. 시집 『유머극장』.

식물도 자유를 꿈꾼다

타고난 사주에 토±의 기운이 약한 것들
화분에 심겨져 우리 집 실내에서 산다

햇빛이나 넉넉히 보라고 남쪽 창가에 두었더니
창밖의 푸른 산들만 하염없이 바라본다

오늘따라 세찬 빗줄기가 창문을 두들긴다
'아, 저 시원한 빗줄기 좀 맞게 해줘'
자유를 갈구하는 몸부림

그래, 우리 모두 꿈을 꾸자
외형이든 내면이든 철조망을 걷고
무한한 자유를 향해 달려가 보자

자연계의 모두는 속박 속에 살고 있다.

조혁훈
《문장21》 등단. 부산문인협회, 남구문인협회 회원. 문장21동인 회장. 수필집 『색, 자연을 아우르다』. 고운 최치원문학상. 오륙도문학상 수상.

일침

초침 너 빨리 간다고 깝죽대지 말아라
분침 너 중심에서 큰 바늘이라 뻐기지 말아라
시침의 큼직한 걸음 해협도 건너는 것을

주강식
볍씨. 부산시조문학 회원. 시조집 『태산을 넘는 파도』 외. 부산교육대학교 명예교수.

황혼의 블루스

계절이 고개를 넘으니
가을이 익어간다
속세의 여행을 떠나자니
비바람이 용트림하며 길을 막고
서있는 노을빛

낙엽은 그윽한 향기마저
잃은 듯 소식이 없고
깊어가는 가을 길목의
우매한 생각 추스른다

수많은 생명을 키운 숲
소중한 만남의 울림이 되어
긴 여정 한 길로 걸어가지만
변화무쌍한 세월의 요동이여

아낌없이 내어준 어느 도공의 기도처럼
새벽안개 이슬 되어
사랑을 낳고 꽃길을 위로하는
일락서산日落西山의 블루스

주명옥(거농)
2012년 《부산시인》 등단. 거농문화예술원장. 한국미술협회.문인화 초대작가. 부산미
술협회. 문인화 초대작가. 시집 「붓이 노래하다」.

범어사에서

화르르 떨며 날고 있는
수천 마리 나비 떼가
마중 나온 벚꽃 길을 따라
범어사에 간다
맞배지붕 대웅전의 염불소리에
법어 깨친 낮달이 졸음을 쫓고 있다
여과되지 못한 마음 하나
제 무게에 겨워
차마 떨어지지 않는 발길을 돌리는데
삼층탑을 돌아 나온 목탁소리가
천 년 세월도 별 것 아니라며
화두를 던진다
발뒤꿈치까지 따라 나온 그 화두
육신을 타고 흘러 스며들자
명치끝에 갇혀있던 찌꺼기들
오래 묵어있던 자리를 훌훌 털어버린다
깃털처럼 한결 가벼워진 발걸음이
달아나던 청설모를 멈추게 한다
새들의 지저귐마저 도를 통한 법문이다

주순보
1998년 월간 《韓國詩》 등단. 부산문인협회, 부산시인협회 회원. 부산남구문인협회
고문. 거제문화예술제 추진위원장. 부산시협상, 오륙도문학상 대상 등 수상. 시집 『꽃
씨는 겨울을 생각한다』, 『겨우살이가 말하다』, 『카페, 에필로그』.

봄비

내 작은 뜰 안
봄비가 내리면
목마른 나뭇가지 깊숙이
생명수가 흐른다

산사의 풍경소리에
수채화를 그리는 봄비
잊혀져간 세월의 저편기억들
물관을 타고 요동친다

얼마만의 닫혔던 빗장인가
창문을 여니
꽃 대궐 위의 두둥실 구름
우주를 휘돌아 간다

주철민(옥)
경남 거제 상문동 출생. 《문장21》 등단. 사)부산시인협회, 남구문인협회 회원. 한국사
진작가협회 자문위원. 부산남구 문화원 이사.

기차 여행

친구야, 우리 기차 타고 봄 구경 가자
코로나 19때문에 외출도 못하고
집에서 감옥생활처럼 지내다보니
새봄이 온 것도 모르고 있잖아

벚꽃이 지금 한창이라네
기차타고 아름다운 봄 구경 가자

동행선 기차 타고 봄바다 구경하며
철도 연변에 화사한 봄을 구경하자
기차 타고 아름다운 새봄을 구경 가자

최만조
1977년 《아동문예》 동시 등단. 2005년 《부산 시조》 시조 추천. 부산남구문협 고문.
동시집 「을숙도 아이들」, 「봄비의 마음」, 「고향에 핀 진달래」 외. 부산문학상. 한국동
시문학상. 부산아동문학상. 영남아동문학상. 오륙도문학상 등 수상. 「농악소리」 동시.
국정 교과서(6-2)에 1997년 수록.

봄 책

산벚꽃 피는 오후
보고 싶은 책이 있으면
신청하라고 하는 친구야

이 봄에
보고 싶은 것은
책이 아니라 얼굴이며
읽고 싶은 것 또한
마음인 것을

밤잠 설친 꽃망울들
병아리 솜털 같은
졸음 속으로 들어 가고

친구를 보러 간다
마음 읽으러 간다
방조어부림* 속 바람이 분다
봄 책은 그리움이다

*방조어부림 : 남해군 물건리에 있는 천연기념물 제150호로 지정된 바닷가 마
　　　　　을 숲.

최수천
경남 남해 출생. 2013년 《문예시대》 신인문학상 당선. 한겨레문인협회 회원.

소나무의 詩

나도 한 번씩은
고운 빛깔의
옷을 입고 싶다

뾰족뾰족
바늘 손보다
팔랑팔랑 고운 손
내밀고 싶다

사시사철
혼자 푸르기보다
누군가와 함께
물들 수 있다면
정녕 그럴 수 있다면나도 한 번씩은훌훌 벗고 싶다가벼워
지고 싶다

최옥

1992년 《시와비평》으로 등단. 한국시인협회, 부산문인협회, 부산가톨릭문인협회 회
원. 오륙도문학상 대상. 시집 『엄마의 잠』 외.

엄마를 보내고

그믐 무렵 밤하늘
별 하나 빛난다.
내 곁을 떠난 엄마 저기 계실까?
엄마~~!!!
목청껏 불러봐도
소리는 바람에 밀려 뒷걸음질 치고
무심한 별은 점점 멀어진다.
용서 빌고 또 빌며
울고 울고 또 울다
맺힌 눈물 떨구고 눈 닦고 비비면
그리운 얼굴 한번 보여주실까 봐
비비고 또 비비고
닦고 또 닦아도
별은 점점 서쪽으로 멀어져만 가네

최용국
부산공무원 문인회 부회장. 구덕운동장 근무.

어느 봄날 풍경

최
철
훈

코로나가 발목 잡은
사월 어느 봄날

꽃비가 바람처럼 쏟아 내리는 의자에 앉아
지나 온 칠십 삼년 세월을 바라보고 있습니다

개똥밭에 굴러도 이승이 저승보다 낫다는 말
이런 때 해야 되는 것인가 봅니다

사는 일이 바빠 느끼지 못했던 세상사는 이야기
오늘 하루만이라도 이 광경을
오래도록 가슴에 담아 가고 싶습니다
프러스트의 가지 않은 길을 읽으며 느꼈던 후회
봄눈 녹듯이 사라질 때까지

아이들의 웃음소리 들리지 않아도
온 산에 불이 붙어 해맑게 웃어대는

꽃비의
재잘거림이
그리 정겨운 날입니다

* 사설시조입니다.

최철훈
1990년 《월간문학》 등단. 계간 《문장21》 발행인. 부산남구문협 고문(직전회장). 한국
해양문학상. 오륙도문학상. 부산문학상 대상 수상. 시집 「부산 아리랑」 외.

웃는 엘리베이터

"우리 애가 쿵쾅거려
미안해요."

"괜찮아요,
애들은 다 그렇죠."

'미안해요.'란 말은
내려오고

'괜찮아요.'란 말은
올라간다.

따뜻한 말
실어 나르는

우리 아파트 엘리베이터
털 털 털
만날 웃어요.

하빈
2004년 《문학세계》 수필 등단. 2011년 《아동문예》동시 등단. 동시집 『수업 끝』, 『진
짜 수업』, 산문집 『꼰대와 스마트폰』.

먼지를 털어 내자

먼지를 털어 내자
보푸라기처럼 일어나는
내 맘속의 먼지들

겨우내 묵혀 두었던
오욕의 찌꺼기와
실오라기만 한 자존심
그리고
수액처럼 묻어나는
끈끈한 미련과
누구에게랄 것도 없이
피어오르는 분노의 감정마저도

훌훌 털어 버리자
책갈피 갈피 먼지를 털어 내듯
헝클어진 실타래를 풀어 나가듯

가슴 저 깊숙한 곳까지

한정미
부산문인협회 회원. 부산남구문인협회 이사. 문학중심작가회 편집장. 《문학도시》 교
열기자.

봄이 오는 소리

돌돌
산골짜기 물소리
바람결에 살포시 실려 오고

소슬바람에 속삭이듯
나뭇가지에
초록의 새싹이 움찔움찔

광야의 벌판에
이름 없는 들꽃에
춤사위 하는 꽃바람

실바람 따라온 봄 향기
들판에도 산자락에도
노래하는 봄

기쁨과 희망 담아
남녘 바람 몰고 왔네
봄이 오는 소리에
가로수 거닐며 달려보자

허수연
한국문인협회, 부산문인협회, 부산시인협회 회원. 시를 짓고 듣는 사람들의 모임 부
회장. 부산사투리보존협회, 한국독도문학작가협회, 부산문학인아카데미 이사.

검은 고양이 네로

또르륵 또르륵 움직이는 황금 눈알
커튼 뒤 그림자가 살곰살곰 지나간다

매끈한
유선형 몸매
잡았다! 요놈 괭이

무심한 척 딴청 피다 순식간에 몸을 날려
노랑나비 입에 물고 의기양양 걸어오는

거만한
작은 사냥꾼
검은 괭이 네로 네로.

허원영
2010년 《시사문단》 등단. 거제시조문학회 부회장. 청마기념사업회 이사.

바람의 박제

구멍 뚫린
바람의 종말 응시한다.

혼자의 잠적이 있었던
그 시간속의 풍랑

말라 비틀어 질대로 비틀어진
뼈대는 그대로
앙상하여 피곤하다

존재로 남은
유물 같은 모세혈관의 자극
길게 이어져 돌이키는 기억

응시한다.
멈춘 바람의 살갗에서 느껴지는
그것은 짙게 새겨진 길의 역사였다고

황예순
2011년 《문학도시》 시 등단. 부산문인협회 이사. 부산영호남문인협회, 부산동래문인
협회, 한국현대작가연대 회원. 부산문학상 우수상. 시집 『한 송이 꽃으로부터』, 『바람
의 박제』.

봄비

또 다른 봄
그때 그날처럼
봄비가 내리네
그리움일까
때를 알고 내리는
좋은 비처럼
그리운 것
그대일까?
나일까?
그리운 님 온다며

황하영
한국문인협회. 국제펜클럽 회원. 고샅문학회 편집국장.

제8회 문동폭포 거제문화예술제 사화집

약봉지는 직립으로 걷는다

초판인쇄 | 2021년 7월 20일
초판발행 | 2021년 7월 25일

지 은 이 | 주명옥 외
발 행 처 | 거농문화예술원
　　　　　경남 거제시 문동폭포로 111
펴 낸 곳 | 도서출판 작가마을
　　　　　2002년 8월 29일제 2002-000012호
　　　　　부산광역시 중구 대청로 141번길 15-1 대륙빌딩 301호
　　　　　T. 051)248-4145, 2598　F. 051)248-0723　E. seepoet@hanmail.net

ISBN 979-11-5606-169-4 03810　정가 15,000원